共和国的历程

鹰击长空

志愿军空军在战斗中成长

刘 亮 编写

蓝天出版社　　吉林出版集团有限责任公司

图书在版编目（CIP）数据

鹰击长空：志愿军空军在战斗中成长／刘亮编写.
—北京：蓝天出版社，2014. 1（2023.3重印）
　　（共和国的历程）
　ISBN 978-7-5094-1087-5

　Ⅰ.①鹰… Ⅱ.①刘… Ⅲ.①革命故事－作品集－中国－当代 Ⅳ.
①I247. 8

中国版本图书馆 CIP 数据核字（2013）第 305452 号

鹰击长空——志愿军空军在战斗中成长
编　　写：刘　亮
策　　划：金永吉　荆忠峰
责任编辑：祖　航　孔庆春
出版发行：蓝天出版社　吉林出版集团有限责任公司
地　　址：北京市复兴路 14 号
邮　　编：100843
电　　话：010—66983715
经　　销：全国新华书店
印　　刷：北京柏玉景印刷制品有限公司
开　　本：710mm×1000mm　1/16
字　　数：69 千
印　　张：8
版　　次：2014 年 4 月第 1 版
印　　次：2023 年 3 月第 3 次
定　　价：29.80 元

前　言

　　中华人民共和国自 1949 年 10 月 1 日成立以来，已走过了六十多年的风雨历程。历史是一面镜子，我们可以从多视角、多侧面对其进行解读。然而有一点是可以肯定的，那就是，半个多世纪以来，在中国共产党的领导下，中国的政治、经济、军事、外交、文化、教育、科技、社会、民生等领域，都发生了深刻的变化，中国人民站起来了，中华民族已屹立于世界民族之林。

　　这段时间放到整个历史长河中是短暂的，有如弹指一挥间，但它带给中国的却是极不平凡的。六十多年里神州大地经历了沧桑巨变。从开国大典到 60 年国庆盛典，从经济战线上的三大战役到经济总量居世界前列，从对农业、手工业、资本主义工商业的三大改造到社会主义市场经济体制的基本确立，从宜将剩勇追穷寇到建立了强大的国防军，从废除一切不平等条约到独立自主的和平外交政策，从"双百"方针到体制改革后的文化事业欣欣向荣，从扫除文盲到实施科教兴国战略建设新型国家，从翻身解放到实现小康社会，凡此种种，中国人民在每个领域无不留下发展的足迹，写就不朽的诗篇。

　　六十几年在历史的长河中犹如沧海一粟，但对身处其间的个人却是并非无足轻重的。其间究竟发生了些什么，怎样发生的，过程怎样，结果如何，非人人都清楚知道的。对此，亲身经历者或可鲜活如昨，但对后来者却可能只是一个概念，对某段历史的记忆影像或不存在或是模糊的。基于此，为了让年轻人，特别是青少年永远铭记共和国这段不朽的历史，我们推出了这套《共和国的历程》。

《共和国的历程》虽为故事形式，但与戏说无关，我们是想借助通俗、富于感染力的文字记录这段历史。这套丛书汇集了在共和国历史上具有深刻影响的重大历史事件。在丛书的谋篇布局上，我们尽量选取各个时代具有代表性的或深具普遍意义的若干事件加以叙述，使其能反映共和国发展的全景和脉络。为了使题目的设置不至于因大而空，我们着眼于每一重大历史事件的缘起、过程、结局、时间、地点、人物等，抓住点滴和些许小事，力求通透。

历史是复杂的，事态的发展因素也是多方面的。由于叙述者的视角、文化构成不同，对事件的认知或有不足，但这不会影响我们对整个历史事件的判断和思考，至于它能否清晰地表达出我们编辑这套书的本意，那只能交给读者去评判了。

这套丛书可谓是一部书写红色记忆的读物，它对于了解共和国的历史、中国共产党的英明领导和中国人民的伟大实践都是不可或缺的。同时，这套丛书又是一套普及性读物，既针对重点阅读人群，也适宜在全民中推广。相信它必将在我国开展的全民阅读活动中发挥大的作用，成为装备中小学图书馆、农家书屋、社区书屋、机关及企事业单位职工图书室、连队图书室等的重点选择对象。

编　者
2014 年 1 月

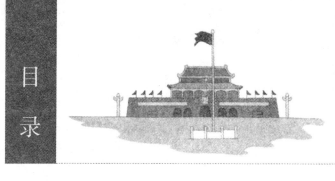

目录

一、　飞向前线

●1950年10月中旬，一架飞机风驰电掣地穿过北京天空的浮云，稳稳降落在机场。机舱门一打开，彭德怀就迈着大步走下飞机，随即坐上汽车直奔中南海。

●刘亚楼语气坚定地说："请彭总放心，不论苏联空军出动时间早晚，我们空军都要克服千难万险，尽快拉上战场。"

●毛泽东接着说："为此空军必须迅速开赴前线，支援志愿军地面部队作战。"

朝鲜战场期待空军支援作战

1950 年 10 月中旬，一架飞机风驰电掣地穿过北京天空的浮云，稳稳降落在机场。机舱门一打开，彭德怀就迈着大步走下飞机，随即坐上汽车直奔中南海。

此次彭德怀匆匆从东北安东（即丹东）飞到北京，是来参加中央军委会议的。

10 月 18 日，毛泽东在北京中南海主持召开高级军事会议，再次研究出兵援朝的问题。自美国直接参与朝鲜战争以来，朝鲜人民军屡屡受挫，金日成请求苏联和中国出兵援助朝鲜。

但就在前几天，周恩来从莫斯科带回苏联空军暂缓出动的消息，这让彭德怀心如火焚，如果没有空中掩护，这场仗该怎么打呢？

大家为苏联暂缓出动空军的决定感到不快。尽管新中国刚刚建立，出兵有许多不利条件和困难，但毛泽东仍义无反顾地作出了令斯大林，以及令整个世界为之骇然的决策。

毛泽东对在座的人坚定地说道："不要再对苏联出动空军掩护我军抱什么希望了，我们务必先走！没有空中支援也要出兵！"

统帅的坚定决心使大家备受鼓舞。

彭德怀起身，目光如炬地看着刘亚楼，说："空军司令官，我等着你的空军呐！"

众人的目光顿时集中在刘亚楼的身上。

刘亚楼语气坚定地说："请彭总放心，不论苏联空军出动时间早晚，我们空军都要克服千难万险，尽快拉上战场。"

带着对我军空军的期待，彭德怀回到了朝鲜。

从1950年10月到12月，彭德怀指挥中朝军队连续发动了两次战役，"联合国军"的有生力量被大量消灭，并迫使美军退回了三八线。

但是，在交战过程中，由于志愿军防空武器少，美军又占有绝对的空中优势，所以志愿军不得不在敌人空军的干扰和破坏下作战。

跨出国门时，志愿军共有汽车1300余部，20天内却被美军飞机毁掉600余部。

志愿军的后勤部队和给养运输，更是天天顶着美军飞机的空袭进行工作。

对此，彭德怀发了脾气，要求空军速派飞机支援，夺取制空权。

空军指战员也求战心切，希望能早日开赴前线。前方将士在美机下挨炸弹，他们的心里在流血。一封封斗志昂扬的请战书和血书，一交一大摞。

这一切都在毛泽东的意料之中。他反复思考着如何打破美军的空中优势。

中南海菊香书屋的灯火长明，毛泽东坐在宽大的书案前深深地思考着。

经过深思熟虑，毛泽东果断指示空军："必须力争在很短的时间内，训练出一批具有一定作战能力的空军，以用于战场支援。"

而此时的空军司令员刘亚楼的手中只有一张牌，也是唯一的一张王牌，就是空军第四混成旅。而这支部队还远没有达到出国作战的能力，何况面对的是世界头号空中强国……

创造步枪打飞机的神话

1951 年 3 月 20 日清晨，趁着早晨未散的轻雾，志愿军运输队司机赵宝印与战友曹新仁及另外一名司机，驾驶着一辆装满弹药的嘎斯车往朝鲜前线赶。

简易公路已经被美军飞机炸得坑坑洼洼，汽车摇摇晃晃地穿山越岭，隐蔽行进。

当汽车行至新溪郡石边村旁的一片树林时，被敌人的一架侦察机发现。敌机扔下一颗烟幕弹就飞走了。

看到敌人没有进攻，曹新仁有点儿奇怪，"今天美国佬怎么没'下蛋'啊？"

赵宝印却有些担心地说："那是侦察机，没有装炸弹。估计它是给敌人指示目标呢，我们得快点儿开！"

说着，一踩油门，汽车吼叫着向一片树林冲去。

果然，没过几分钟，美军 8 架野马式轰炸机贴着树梢飞过来，用机关枪对汽车疯狂扫射。

立刻，机关枪弹尖厉地呼啸而来，打得尘土飞扬。

赵宝印与战友们沉着应战，飞快地将汽车开进树林里，并用黑松树枝伪装好后，才躲进了防空洞内。

面对气焰嚣张的敌机，赵宝印想起了在敌机轰炸中牺牲的战友和朝鲜老乡，不由得义愤填膺，恨不得把敌机打个稀巴烂。

突然，他冲着曹新仁大声喊道："把枪给我！"

曹新仁一愣，不解地把手中的步枪递给赵宝印。

赵宝印持枪冲出防空洞，依托防空洞口的老榆树，瞄准迎面飞来的 1 架敌机连开了数枪。

跟着，曹新仁也跑出防空洞接过枪来，又连打了几枪。

这时，天空中传来一种奇怪的声音，接着，那架飞机头一栽，向对面山顶直飞了过去。其他飞机也都停止了扫射和轰炸，一溜烟儿地全跑了。

当赵宝印和两名战友正纳闷地准备出发时，从对面山上跑来几名朝鲜人民军战士。

"你们打美国飞机了吗？"其中一名人民军战士用半生不熟的汉语反复问道，"刚才有一架敌机被打中了，就掉在对面山上了。"

赵宝印听了又惊又喜。于是，他们 3 人跟随人民军战士跑到了几千米外的河滩上。

只见美国飞机残骸还在冒着呛人的浓烟。

在没有空中掩护的情况下，在人民战争中成长起来的志愿军战士拿起步枪进行顽强反击，创造出战争史上步枪打飞机的神话。

无独有偶，早已对敌机恨之入骨的志愿军步兵，准备采用集体射击的办法，在敌机预定航线上用步枪子弹组成钢铁火墙，狠狠地教训敌机。

1951 年 4 月 18 日，天刚蒙蒙亮，美机像往常一样一批一批地出动了。他们知道志愿军几乎没有高射武器，但他们不知道，六十三军一八八师的几千支乌黑的枪口，正齐刷刷地瞄着天空。

8时，8架美军飞机得意地超低空飞临一八八师五六二团和五六三团阵地上空。

就在他们寻找目标时，两颗绿色信号弹腾空而起，随即，两个团的3000多支步枪、机枪一齐向敌机开火。

美机被这瞬间打出的弹雨搞蒙了，一架美机还没明白志愿军用的是什么高射武器，就翻着跟头坠毁了。

美机飞行员跳伞确实挺快，保住了命，但双脚刚落地，便成为五六三团的俘虏。

当美军飞行员得知自己是被志愿军用步枪打落时，张着嘴一个词儿也说不出来。

首战告捷，官兵们士气大振。

10时，天空又响起了引擎声，赶来报复的16架美机飞到了。

敌机依然飞得很低，轰鸣声震耳欲聋，站在地上连飞行员的表情都看得清楚。

不等敌机俯冲扫射，两个团的3000多支枪又是一阵扫射。

顿时，4架美机当场来了个嘴啃泥，在荒野里腾起滚滚火球，4架飞机的飞行员当场阵亡。

两次步枪空战，5架美机坠毁，一八八师无一伤亡。

两个小时后，第三批24架美机又来报复。

这次，敌机一个比一个飞得高、跑得快，慌乱地投完炸弹便匆匆返航。

这一天，一八八师共击落敌机 5 架，击伤 13 架，开创了朝鲜战场步兵轻武器打下飞机的最高纪录。

战后，一八八师受到十九兵团政治部的通令表扬。志愿军总部首长也发来贺电，并号召全体志愿军学习他们步枪打飞机的经验。

从此，敌机再也不敢猖狂俯冲扫射了，总是飞得高高的，扔完炸弹就跑。

紧急组建志愿军空军

1950 年 10 月底的一天，毛泽东将空军司令员刘亚楼召到中南海丰泽园，商量组建志愿军空军的事情。

毛泽东语重心长地说："志愿军地面部队，主要是以步兵和为数不多的炮兵、坦克兵参战。与拥有陆、海、空相互配合的美国军队作战，制空权必然操纵在美军手中，这对志愿军的战斗行动极为不利。彭德怀同志最担心的便是出国作战有无空军掩护的问题。从金日成的电报来看，他们很吃美军空军的亏。"

毛泽东猛抽了两口烟，接着说："为此，空军必须迅速开赴前线，支援志愿军地面部队作战。"

刘亚楼一边听一边认真地思考：人民空军是在陆军的基础上建立起来的，它的成员虽有丰富的陆战经验，但空战还是个全新的课题。

以美国为首的"联合国军"在朝鲜战场上的各种作战飞机有 1200 多架，其中美军飞机 1100 多架；美军飞行员的飞行时间均在 1000 小时以上，许多人参加过第二次世界大战，有些人是所谓的"王牌驾驶员"。

中国空军只有刚组建的两个歼击师、两个轰炸师、一个强击师，作战飞机不足 300 架，飞行员的飞行时间平均只有 100 多个小时，在喷气式飞机上只飞过 20 多个

飞向前线

小时，没有空战经验。

毛泽东说完后，刘亚楼谨慎地说："我们的空军还很小，如果将部队贸然地投入战斗，同有强大优势的美国空军交手，后果很难预料。"

"真是关公面前耍大刀啊！"毛泽东说。

从来都不怕挑战的刘亚楼说："情况确实如此，但我们又不能等练好了、强大了再打，只能是边打边建，边打边练，在战斗中锻炼成长。主席说过，革命战争常常不是先学好了再打，而是干起来再学习，干就是学习。"

刘亚楼说完，语气变得愈发坚定："请主席下达命令，空军一定早日参战。"

"好！你生性好斗，在挑战和应战中，从不肯认输！"

毛泽东赞许地看着自己的爱将，意味深长地说："在战斗中锻炼成长，不仅是战争客观形势的要求，我看还是促使空军迅速成长壮大的正确道路。"

刘亚楼铿锵有力地说："我们一定以战斗的胜利回答党中央和主席的信任、期望！"

"还有人民！"毛泽东补充说，严肃的脸上荡起微笑。

刘亚楼从中南海回来后，随即召开空军党委会，紧急组建志愿军空军。

在会上，刘亚楼明确地指出："组建作战部队的步伐必须加快，各航校要尽可能多、尽可能快地组建航空兵部队！"

参谋长王秉璋汇报说："目前，各航校的空、地勤学员数量，都达到了飞机、器材、教学和训练承受能力上的最大限度。"

这话让刘亚楼深思了好一会儿，他站起身，来回踱了几步，然后坚定地说："总之要突出一个快字，我看可以将飞行学员的四级训练体制改为三级训练体制，免去高级教练阶段，毕业后直接到部队使用战斗机。"

刘亚楼的提议引起大家的热烈讨论，认为这个办法不失为一个好办法，于是纷纷表示赞同。

"空军上下都要紧急行动起来，投入一级战备状态。政治部一定要做好工作，促使全军的思想都集中在一个目标上：反击美国空中强盗，保卫祖国领空不受侵犯！"刘亚楼最后说道。

随即，组建志愿军空军的工作全面展开。

飞向前线

刘震出任志愿军空军司令员

1950 年 11 月 4 日，刚上任不到 20 天的中南军区空军司令员刘震乘专机从武汉飞到北京。

从武汉出发时，没人告诉他此行的目的是什么。但凭着多年的战争经验，刘震敏锐地意识到，一定会有重要任务落到自己的身上。

刘震是人民军队中一位久经沙场的老将。他 1931 年参加红军，次年加入中国共产党。先后任红二十五军第七十五师二二五团连指导员、营政治委员，红十五军团第七十五师二二五团政治委员、师政治委员。参加过二万五千里长征。

抗日战争爆发后，部队实行整编，刘震任八路军一一五师三四四旅六八八团政治处主任、团政治委员。而后，他由一名政工干部转为军事指挥员，任独立团团长、旅长等职，是一位军政素质兼备的优秀指挥员。

下飞机后，刘震直奔刘亚楼的住处。

一见面，刘亚楼就开门见山地说："调你去东北军区空军，是让你组织志愿军空军参加抗美援朝，你将担负志愿军空军司令员职务。"

刘震对此颇感意外，中央军委不是还在讨论是否出动空军吗？

他说："搞陆军我还有点办法，搞空军却毫无经验。我看，还是让我回中南空军熟悉一段空军生活，等空军正式入朝后，我可随时到前线继续学习。让有经验的同志先干吧！"

刘亚楼坚定地说："这个安排，是志愿军彭德怀司令员和东北军区高岗司令员提议的，毛主席已经批准了……"

"既然军委和主席已经定了，我只好试试看！"话已至此，刘震不好再推辞。

刘亚楼点点头，鼓励刘震说："你我都在四野工作过，我了解你。相信你肯定能够干好！"

刘震还是有些担心地说："搞空军我是外行，所以需要一些懂业务、个人素质好的优秀空军干部协助我工作。"

"已经为你想好了！"说罢，刘亚楼将事先拟好的志愿军空军领导干部名单，递给刘震。

刘震认真地看了一遍，挥了挥握紧的拳头："太好了！有这么多空军干部来帮我，特别是常乾坤同志，他是搞航空的专家，又是我党学飞行的老同志，他来兼任副司令员，我心里就踏实多了！"

就这样，刘震接受了重任，第二天便起程去沈阳，进行组建志愿军空军的筹备工作。

从 1950 年 8 月到 10 月，在不足两个月的时间内，空军第四混成旅 4 个团增补了 7 个航校新毕业的学员，空

飞向前线

军像滚雪球一样，很快便组建了空二师、空四师、空五师、空八师、空十师。各军区空军也相继诞生。

1951年3月15日，经4个多月的紧张准备，中国人民志愿军空军司令部暨"中朝人民空军联合司令部"在辽宁省安东，宣告成立。刘震被任命为司令员兼党委书记。

司令部设在安东四道沟，指挥部设在一个山沟的坑道里。

在抗美援朝战争中，就是从这个"坑道"里，刘震发出了一道道作战命令，开创了我军指挥现代化兵种作战的先河，并成为我军第一个指挥空中作战的司令员。

刘亚楼拟定作战方针

1950 年底，抗美援朝、保家卫国的标语贴满了北京的大街小巷，高大建筑物上也插满红旗，在风中徐徐飘扬。

东长安街上，很多人围在路边的一个大标语牌前，标语牌上画了一架战斗机，底下有一行字"捐钱为志愿军买飞机"。许多行人走到这里纷纷掏钱，投到对面的一个箱子里，甚至已经走过标语牌的人又走回来捐钱。

空军司令员刘亚楼乘坐的汽车，正好经过这里。看到这个情景，刘亚楼被深深地感动了。空军刚刚建立，还没有打仗就得到人民的如此厚爱，使他更加感到身上担子的沉重。

刘亚楼是到空军司令部开会的，当他走进会议室的时候，看到宽敞的会议室里已经坐满了人，大家还在议论着刚才看到的大街上捐钱买飞机的新鲜事。

刘亚楼对空军志愿军副司令员常乾坤说："老常，开会吧，先把情况介绍一下。"

常乾坤打开了文件包，拿出资料说："根据刚刚得到的情报，美国空军在朝鲜战场上，已经投入了 14 个联队，其中 2 个战斗截击机联队、8 个轰炸机联队、1 个海军航空兵联队、3 个舰载机联队，各种作战飞机 1100 多

架。他们的飞行员很多是参加过第二次世界大战的，其中不少是'王牌飞行员'，平均飞行时间都在 1000 小时以上。另外，南朝鲜的飞机还有 100 多架。我们现在准备入朝的是刚刚组建的两个航空兵师，一个轰炸机团，一个强击机团，总共有飞机 200 架。以后还会有增加。"

听到这里，刘亚楼扫视着会场里的人，诚恳地说："敌我双方的兵力悬殊！这个仗该怎么打呀？"

会场上没有人说话，大家都看着刘亚楼。

刘亚楼又说："我刚刚接到了彭总的电话，他说我们主要是步兵，坦克和炮兵也不多，一入朝就尝到了敌人飞机轰炸的滋味，天天在头上嗡嗡，不好受啊！志愿军司令部要求我们空军要马上开赴前线，支援地面部队与美军作战。"

会场上一下子就开了锅。

大家一致提出要尽快入朝作战，不能等练好了再打，只能是边打边练，边打边建。

常乾坤说："敌多我少，不能零零散散地打，那样东一架，西一架，我们就没有了。"

"是啊，兵力强大的敌人都喜欢我们和他们拼消耗，不能上这个当！"刘亚楼说。

"在正式参战之前，还要进行一定的训练，要积蓄力量，握成拳头！"常乾坤说。

刘亚楼点了点头表示同意："等到攒足了力量，我们至少一次可以出动 100 到 150 架，狠狠给敌人一个打击！"

经过讨论，大家一致同意，在兵力使用上，应当坚持"积蓄力量，选择时机，集中使用"的作战方针。刘亚楼马上组织人员写出报告上报党中央。

12月4日，毛泽东看到了空军的报告，当即在报告上批示："刘亚楼同志，同意你的意见，采取稳当的办法为好。"

正是这个作战方针，奠定了朝鲜空战胜利的基础。

飞向前线

空四师进入浪头机场

1950 年 10 月 26 日，一封来自空军司令员刘亚楼的电报交到了空军第四混成旅旅长方子翼手中。

刘亚楼命令他，将空军第四混成旅改编为空军第四驱逐旅，转场到辽阳，方子翼率部队到辽阳任该旅旅长，准备参加抗美援朝作战。

"到东北去接新飞机，打美国佬!"听到这个消息，官兵们兴奋得大喊，三个一群五个一伙地商量着怎么狠狠地教训敌人。

部队士气高涨，让方子翼非常高兴。

方子翼立刻命令部队，人员轻装，装备打包，做好转场准备。

部队立刻忙碌起来。

几乎与之同时，空军首长下令将刚组建的空军第三旅七团调往辽阳，一同接收苏联空军驻辽阳的一个米格歼击机师的装备，在空军第四混成旅的基础上改编为空军第四师。

空四师为两团编制，每团 3 个飞行大队，每大队 10 架飞机，一个供应大队。全师装备 60 架米格－15 飞机，另有 2 架雅克型通信机。部队组成人员精干可靠，既有老红军，也有新疆航空队和东北老航校的干部和飞行员。

为了打好出国的第一仗，刘亚楼亲自调配精干力量，给空四师配备一个强有力的领导班子：师长方子翼，政委李世安，副师长袁彬（不久调任空三师代师长，夏伯勋接任），参谋长王香雄，副参谋长潘云山，政治部主任谢锡玉。

经过方子翼和领导班子其他成员近一个月紧张而有效的工作，空四师将以崭新的面貌横空出世。

就在这时，朝鲜前线传来胜利的消息：继10月取得第一次战役胜利后，11月，在彭德怀指挥下，中国人民志愿军再次歼灭敌军数万人。

在这个消息的鼓舞下，斯大林和苏联政府正式决定派歼击航空兵师参加朝鲜战争。

双喜临门，官兵们的士气更加高涨。

11月30日，东北大地风雪弥漫，朱德、刘亚楼乘坐伊尔-14飞机，直飞前线机场，为出征的志愿军空军第四师十团二十八大队壮行。

在空四师礼堂，穿着皮大衣的朱德用浑厚的嗓音鼓励官兵们：

> 你们的任务很光荣，前方的部队在盼望着你们开赴前线参加抗美援朝作战，希望你们成为战无不胜的空中英雄，为祖国争光！

二十八大队都是从东北老航校来的毕业生，后又经新航校改装训练，是新中国空军的精华。

大队长李汉代表发言后，又异常激动地甩起两条长腿，走到讲台边上，对着坐在台下第一排的二十八大队全体飞行员喊道："有决心没有？"

"有！"飞行员们的气势排山倒海。

"有孬种没有？"李汉狡猾地问。

"有！"飞行员们的声音依然洪亮整齐。

"哈哈哈……"礼堂"轰"地响起一片笑声。

朱德、刘亚楼也笑了。

每根神经都处于高度亢奋的二十八大队飞行员如梦初醒，齐刷刷全体起立、立正，大声吼道："有好汉，没有孬种！"

会场上立刻响起雷鸣般的掌声。

大会结束后，二十八大队为朱总司令、刘司令员做飞行表演。

因为没有经验，工作人员把观看表演的主席台设在停机坪上。

米格－15飞机一滑上起飞线，朱德就被它深深吸引了。朱德突然站起，探着身子想看个仔细。

身边的工作人员刚要拉朱德坐下，米格－15飞机喷出一阵气浪，顿时卷起一阵狂风，狂风搅起积雪，遮天盖地，刹那间将主席台上的桌椅掀翻。朱德、刘亚楼等人也全被掀翻在地。机场上所有人都被吓坏了。

朱德从地上站起来，一边拍着身上的雪花，一边哈哈大笑，"好厉害的喷气式哟！"

二十八大队的飞机落了地，朱老总亲切地和他们一一握手，细眯着的眼睛里透着慈祥和威严："为祖国争光，前方部队正盼望着你们呢！"

刘亚楼说："我们跟美国飞行员打仗，是关公面前耍大刀，关公能耍，别人也能耍，你们就耍给美国佬看看！"

官兵们表示：坚决完成党和人民交给的神圣使命，打好出征第一战。

1950 年 12 月 4 日，刘亚楼电令空四师第二十八大队进驻浪头前线机场，准备出征。

电报说：

> 这次参战的目的是取得战斗经验。
>
> ……
>
> 战斗出动以两架，最多 4 架飞机为单位，在敌情不严重的情况下，随友军参加空战。
>
> ……
>
> 一个大队参战完毕即可转回辽阳，另换一个大队前去。

12 月 14 日，在方子翼去安东途经沈阳时，刘亚楼又特地向他面授作战机宜：在初期只给你派出 4 机的指挥权，前 4 机未落地，不得出动后 4 机。天气和敌情不宜时

不要出动。要与苏联友军搞好关系。每日战斗结束后要向我发电报报告当日情况。要与苏联友军协商一个实战锻炼计划。

刘亚楼又叮嘱方子翼："在敌强我弱的形势下，一定要打好第一仗，揭开空战之'谜'，这对空军当前作战的全局和将来长远的建设有重大影响。"

12月15日，方子翼率二十八大队率先出征，飞抵安东浪头前线机场，与苏联友军空军师长巴什盖维奇率领的部队驻扎在同一个机场。

从此，志愿军从备战转入实战锻炼阶段。

二、 初露锋芒

● 苏军指挥员大惊，连忙打着手势要方子翼命令他们马上退出战斗，以免误伤。

● "咚！咚！咚！"米格－15装备的3门加农炮发射出一道道火焰，直扑敌机。敌机火光一闪，随即冒烟，然后像断了线的风筝一头扎向地面，爆炸起火。

● 湛蓝的天空上，我军银白色的米格－15与美军绿黄相间的F－86你追我赶，或急转，或俯冲，或开炮，或躲避，天空中战云密布，炮声隆隆。

二十八大队实战升空

1950 年 12 月 28 日中午，雷达发现，在安东地区有敌机活动，巴什盖维奇师长决定起飞 8 机迎击。

按照协同计划，方师长令李汉 4 机随友军出动。

在空军第四师第二十八大队进浪头机场时，方子翼与巴什盖维奇协商拟定了二十八大队实战锻炼计划，送到沈阳后，刘亚楼批复："同意。"

为了便于协商问题和向巴什盖维奇学习指挥，双方决定，两个师的指挥所都设在浪头机场北端西侧山坡上的一个旧木板棚子里。

那里视野开阔，便于观察，只是条件艰苦，棚子不足 15 平方米，四面透风、寒气袭人。指挥所内只陈设了一张标图桌、两部对空台、五部电话机。

此时，苏联和中国指挥员同时同地指挥各自的部队协同作战。

指挥员一声令下，银白色的米格－15 歼击机呼啸着飞出跑道，瞬间消失在云端。

在白云之上，机群在预定空域集合、编队，相互联络后向战区飞去。

"敌我机群相距 30 公里。"编队飞过铁山以后，雷达操作员向指挥员报告。

方子翼、巴什盖维奇两位师长随即同时向自己的编队通报敌我位置。

"敌机在前方 30 公里。注意搜索。"方子翼对着电台下达命令。

忽然，友军的无线电里一阵嘈杂。

志愿军的电台里响起二十八大队长李汉的声音："友军的前后中队都冲前下降，失去联系。"

方子翼连忙扭头问巴什盖维奇："怎么回事?"

巴什盖维奇说："空中发现美军 F－80 轰炸机，正在空战，你马上命令李汉返航。"

方子翼生气地问："为何不带领李汉去打?"

巴什盖维奇说:"语言不通，指挥不灵，别误伤你们。"

方子翼想起刘亚楼的话，只好令李汉返航。

但此时，李汉已率队冲了下去，未发现敌机，随即带队返航。

晚上，飞行员们召开检讨会，大家认为：我们缺乏经验，战斗动作不熟悉，未能发现敌机，但也有收获。实际演练了一次战斗动作，观察了友军的战斗行动，很有启发。

空战之初，身着中国空军服装的苏军并不大相信年轻的中国空军，因此在带领时并不太尽心。虽然二十八大队与苏联空军混合编队，但第二次世界大战的空中英雄巴什盖维奇少将根本就瞧不起初出茅庐的中国空军。每次接敌，都不向二十八大队下达命令，将他们甩在一边。

此后，二十八大队每天都有战斗起飞，每天也都跟随友军向敌机方向冲去，但都因友军不尽心带领和无线电联络不畅，接连5天仍未打上一仗。这可急坏了中国飞行员。

有人说："飞了5天，连美国人的飞机都没看着，还打什么仗！"

还有人说："苏联人根本就不让咱们碰美国人，总嫌咱们碍手碍脚。"

"那就自己干，没了掩护也没啥大不了的！"

这话传到方子翼师长那里，方子翼也觉得这样下去不是长久之计，于是他向刘亚楼作了汇报。

"战斗员的情绪很急躁，大家都想上去打一仗。"方子翼向刘亚楼报告。

"你的意见呢？"刘亚楼问。

"脱离友军掩护，自己单独干。"方子翼坚定地回答。

"你再跟友军师长巴什盖维奇谈一次，请他尽心带领。若还得不到解决，就自力更生，单独作战，但一定要在敌少我多的条件下进行，力争每个飞行员空战锻炼二至三次。"刘亚楼说道。

"我是想单独干一干，以改变现状，可有点担心，怕无线电不畅，指挥失灵，导致空战失利。"方子翼有些担心地说。毕竟是要独立指挥空战，他有些信心不足。

"怕什么，舍不得孩子打不得狼嘛，有可能吃点儿亏，只要不吃大亏就行!"刘亚楼下了决心。

空军最高首长如此果断地定下了单独干一仗的作战决心，给了方子翼极大的鼓舞。

为了防止友军在空中甩开中国空军，方子翼又找飞行大队长李汉研究作战方案。

方子翼说："在形式上仍按协同计划出动，到了空中，当地面通报敌我距离30公里和敌我关系位置时，空中编队自动取正高度差500到1000米，并向敌机方向严密搜索。发现敌机后，打一次攻击即退出战斗，不要恋战。就这样，一仗一仗地打，定能取得经验，逐步提高。"

李汉听了，高兴地点了点头说："早就等着这天了。"

于是，方子翼出面，向苏军借了一部短波电台，用作地面指挥台。

1951年1月5日，战斗警铃再次响起。飞行大队长李汉立刻率一个中队随苏军4架飞机出战。

指挥所里，雷达操作员不时报告敌我飞机的位置。"敌机距我30公里，高度，方位……"

方子翼一听已到作战空域，敌机位置对我有利，就直接下达作战命令。

耳机里传来李汉下达攻击命令的声音，"3号机、4号机掩护，2号机随我攻击。"

苏军指挥员大惊，连忙打着手势要方子翼命令他们马上退出战斗，以免误伤。

初露锋芒

但方子翼不予理睬，继续指挥李汉攻击。

美机见对方 8 架飞机直扑而来，掉头就跑了。

敌人跑了，仗未打成。

苏联指挥员气得直瞪眼，方子翼却放下话筒，尽量掩饰嘴角的微笑走出指挥所，迎接我方那些终于和敌人照面的飞行员们。

此时志愿军发起第三次战役，打到三七线，占领了汉城。美远东空军的主要机场水原、金浦被志愿军攻占，美空军被迫退到大邱及日本的基地。一时间，清川江以北美空军活动锐减。于是苏军退出前线机场。

乘此时机，方子翼将空十团全部调到浪头机场练兵，且开始单独出动，每次一个大队。

李汉击落第一架敌机

1951 年 1 月 21 日凌晨，安东的浪头机场上，数架银白色的战机在晨曦中闪着白光。机舱里，中国人民志愿军空四师第十团二十八大队大队长李汉和战友们一起，全副武装地在机舱里待命。

从朝鲜战争爆发以来，美国空军投入了 15 个航空联队，1100 余架飞机。中国人民志愿军入朝参战后，美国又从本土调来 1 个 F – 84 联队和 1 个最新式的 F – 86 联队。这些穷凶极恶的空中强盗到处狂轰滥炸，使朝鲜北部所有村镇几乎变成了一片焦土。

作为首批入朝参战的志愿军空军飞行员，他们恨不得立刻飞上天去惩罚那些不可一世的侵略者。

隆冬的寒风刮过空旷的机场，针一样地刺在年轻的飞行员的脸上，但是大家心里都像有一团火。

进入战区已经快 3 个月了，除了和敌人照了个面，就再没和敌人交过手。

"这仗打得真不解气！"早晨起床时有人说。

没有人不说这句话，100 多天了，谁不是心里憋着口气啊！于是，大家早早就爬进机舱，等待起飞的命令。

就在大家等得心急的时候，雷达发现，美军数批约 20 架 F – 84 型飞机，正沿平壤、新安州一线轰炸铁路交

初露锋芒

通线，企图阻止志愿军后方运输。

方子翼师长当即命令："发警报！"

因为这是第一次正式下达出战命令，而且要打的是约 20 架敌机，方子翼下命令的声音有点儿发颤。

"砰！砰！"两颗绿色信号弹划破蔚蓝的晴空。

战斗警报响彻整个机场。

霎时，飞行员们迅速登机，开车、滑行、起飞、编队，6 架喷气式米格 – 15 型歼击机伴着隆隆的轰鸣声直奔战区。

目送战机升空后，方子翼头戴耳机，手握话筒，双眼一眨不眨地注视着面前的图标板，根据参谋人员在上面标出的雷达跟踪的敌我飞机位置，有条不紊地一次次通报情况。

"101 注意！F – 84 就在你们附近，注意搜索，发现目标立即攻击！"

"101 注意！你们已和敌机接触，准备战斗！"

"101 注意！你们已和敌机接触。"耳机中传来地面指挥员的声音。

"右侧发现敌机两架。"接近新安州时 3 号机向李汉报告。

李汉定睛一看，在清川江大桥上空 1000 米处，果然发现 20 多架骄横的 F – 84 喷气式战斗轰炸机正兜着圈子，肆无忌惮地对清川江大桥进行轰炸扫射。

看着大桥周围腾起的硝烟烈焰，李汉浑身的血液都沸腾了，他大吼一声："攻击！"随后猛一推操纵杆，率先向敌机群猛扑过去。

李汉太激动了，以致动作过猛，飞机"刷"地一下子从敌机腹下冲过了头。

缺乏空战经验的李汉一下子就使自己陷入险境。

数架敌机迅速掉转机头，瞄准李汉。

"101，注意敌机正向你围攻！"2号僚机大声报告。

"101明白！"李汉敏捷地扭转机头，迅速横滚转弯，迂回到4架美机左侧，很快咬住敌人机群右后方正在逃窜的两架敌机。

敌机发现被李汉咬住尾巴，立即拉直升空，猛地又冲下云层，妄图甩开李汉的追击。

敌人的动作正好使李汉有机会发挥米格飞机垂直机动性能优越的特点。

李汉驾机迅速跟上，俯冲加速，紧追不舍，与敌机的距离越来越近，1000米、800米、600米、400米……

李汉终于用固定光环瞄准套住了敌机，他果断一按炮钮，"咚！咚！咚！"米格－15装备的3门加农炮发射出一道道火焰，直扑敌机。

敌机火光一闪，随即冒烟，然后像断了线的风筝，一头扎向地面，爆炸起火。

看到敌机坠地爆炸，李汉才想起自己是个指挥员。于是立刻调整机头，寻找战友。

透过机舱，5架米格飞机像利剑一样，插入敌机群，猛打猛冲，完全没有阵形。

初次参战的志愿军飞行员虽然勇猛异常，但这样毫无章法地打下去肯定要吃亏。

"返航！"李汉及时发出命令。

5架米格机立刻放下对手，飞过来与李汉编队。6架战鹰编队返回机场。

这是一次具有历史意义的战斗，是我人民空军第一次在空中与敌机交锋！

平均飞行时间只有200多小时的年轻的中国飞行员们，初战就取得了击落1架美机的战果，打破了美空军"不可战胜"的神话，这极大地鼓舞了志愿军空军全体指战员的士气。

空军首长发来了嘉奖电：

> 这次空战，证明年轻的中国人民空军是能够作战的，是有战斗力的。这是志愿军空军以后继续取得更大胜利的开端。

当日，美方战报称：

> 在1月21日……6架米格表现出异乎寻常的积极性，打破惯例飞到了很远的地区，对正进行俯冲轰炸清川江桥的两个F-84小队进行了突然袭击。在这次空战过程中，米格击落了

一架 F－84……

　　然而，李汉和他的战友们对这个战果并不满意。在机场上，记者围住了刚刚走下飞机的李汉大队长。

　　李汉只说了一句话："我只注意自己攻击，忽略了空中指挥。"

　　他和战友们都盼望在新的战斗中取得更大的胜利。

初露锋芒

空四师进行首次大机群空战

1951 年 9 月 25 日，清川江畔新安州上空，数百架喷气式战斗机正在厮杀。

湛蓝的天空中，我军银白色的米格－15 与美军绿黄相间的 F－86 你追我赶，或急转，或俯冲，或开炮，或躲避，天空中战云密布，炮声隆隆。

一架美机被打得凌空爆炸，霎时间闪亮的铝片像礼花一样炸开，又纷纷扬扬地落下。

我军飞机开炮后来不及躲闪，从美机爆炸的一片火光中呼啸穿过，被碎片击中，随即受伤起火，拖着黑烟返航。

一架美机被我军飞机追得无处可逃，拼命向下俯冲逃窜，却撞到了山上，随即发出"轰"的一声巨响，地面上腾起黑烟。

我军飞行员赶紧拉起转弯，投入新的战斗。

一时间，天空中火光闪闪，炮声隆隆，不断有飞行员跳伞，不断有飞机拖着浓烟坠落。

这是有史以来，世界上最大的一次喷气式飞机空战！

1951 年 7 月，在战场上占不到便宜的"联合国军"不得不坐下来与我军谈判，希望在谈判桌上得到战场上得不到的东西。

在我方谈判人员的巧妙周旋下，"联合国军"谈判代表寸功未建，不由恼羞成怒，狂妄地说："那就让飞机大炮说话吧！"

于是，"联合国军"发动对清川江一带三角地区的空中绞杀，出动大规模飞机对我方道路桥梁狂轰滥炸，妄图切断我军补给线。

在这样的情况下，志愿军空军英勇迎战，打破以往只出动4~8架的规律，成团、成师地派飞机参战。

历史上最大规模的喷气式飞机战役在清川江上空打响。

志愿军空军第四师十二团副团长李文模奉命率领空中编队飞至新安州上空时，突然与20多架美机遭遇，相距仅1000米，已经来不及区分兵力，就一齐投入了战斗。

一大队大队长李永泰率先带领本大队冲向左下方8架F-84战斗轰炸机。

美机见势不妙，慌忙四散逃去。

这时，有两批8架F-86战斗机从左、右后方夹击，李永泰驾驶飞机迅速左转上升，准备占位反击，不料被美机击中。

僚机权太万冲过来将美机驱逐。李永泰驾着受伤的飞机向另一架美机扑去，可惜军械系统已被打坏，不能开炮射击。

这时，4架F-86又向李永泰围攻过来。

李永泰机智勇敢地与美机格斗，终于摆脱了美机的攻击，驾驶着中弹 30 余发、负伤 506 处的飞机，安全地返回了基地。

看到浑身都是弹孔的飞机，战友们不禁为李永泰勇敢的战斗精神感动。苏联空军听说了这件事，也跑来观看，数完弹孔，苏联空军飞行员惊呼："这哪里是飞机，简直是空中坦克啊！"

在李永泰、权太万与美机格斗时，5 号机陈恒、6 号机刘涌新奋不顾身地进行掩护。他们看到另一批美机向李永泰的飞机袭来，便勇敢地冲上去。刘涌新发扬独立作战的精神，与 6 架美机格斗，将其中 1 架击落，首创志愿军空军击落美空军 F－86 战斗机的纪录。但是，刘涌新随即遭 5 架美机围攻，因寡不敌众，飞机被击落，壮烈牺牲。

这次战斗从战果看是失利的。但是，参战的飞行员个个士气很高，打得勇敢顽强。9 月 26 日，空军首长致电第四师，对他们勇敢作战的精神给予高度赞扬。

电报指出：

第四师飞行员虽然都是新手，但敢于参加上百架飞机激烈空战，这就是胜利。

电报对李永泰驾驶中弹 30 余发的飞机安全返回基地，特别提出表扬。

继9月25日空战后，志愿军空军又连续两天同美军大机群激战，一次比一次规模大，一场比一场战果显著。美军第5航空队哀叹："中国空军的飞机与飞行技术明显改进。"

到10月中旬，美军被迫作出决定："战斗轰炸机以后不在米格走廊内进行封锁交通活动，只对清川江与平壤之间地区内的铁路交通线实施攻击……"

到12月底，志愿军空军共出动5个师，起飞3526架次，击落敌机70架，击伤25架。

至此，志愿军空军和苏联空军沉重打击了进入清川江以北的美军飞机，一度掌握了这一地区的制空权。

在激烈的空战中，我航空兵不怕牺牲，表现出了极大的英勇和非凡的智慧。1951年10月2日，毛泽东主席看到空军送上的关于第四师作战情况的报告后批示：

> 空四师奋勇作战，甚好甚慰，你们予以鼓励是正确的，对壮烈牺牲的军人家属应予以安慰。

毛泽东主席的嘉勉和关怀使参战部队备受鼓舞。

初露锋芒

空八师突袭轰炸大和岛

1951 年 11 月 6 日 14 时 35 分，随着"啪啪"两颗绿色信号弹在蔚蓝色天空中升起，志愿军奉集堡机场上的 9 架草绿色的图－2 轰炸机立刻轰鸣起来，各载 8 枚 100 公斤杀伤爆破弹，一枚 100 公斤燃烧弹，呼啸着腾空而起，直穿云霄。

机群在机场附近空域编成整齐的楔形队形，向目标空域飞去。40 分钟后，16 架拉－11 活塞式歼击机赶来加入了编队。庞大的混合机群俨然一个整体，浩浩荡荡地横过天际，直向大、小和岛飞去。

大、小和岛位于朝鲜西海岸，距鸭绿江口不过 70 公里。岛上及周围椴岛、炭岛一带盘踞着南朝鲜伪军的第九师和美军的情报机关人员 1200 余名，设有大功率雷达、对空台和窃听机器，日夜侦听我方情报，指示敌机轰炸我国东北城镇和我志愿军入朝交通线，指挥敌舰活动炮击我军阵地。它是敌人安插在我们眼皮底下的一颗"钉子"，我军早就想拔掉它。

1951 年 10 月底，志愿军总部决定，出动空军，配合地面部队攻占大和岛，命令航空兵第八师图－2 轰炸机 9 架，于 11 月 6 日 14 时前做好战斗准备，听从召唤，轰炸大和岛大和洞村敌情报机关和指挥机构。航空兵第二师拉－11 歼击机全程护航。第三师米格－15 歼击机担任空中掩护。

11 月 6 日，空联司指挥所命令空八师二十二团二大队于当日 14 时 35 分行动。这一时机的选择是经过深思熟虑的。每日 15 时左右，敌歼击机大机群在朝鲜北部地区的活动基本结束，敌机已经返航。随后，黄昏临近，敌机通常不再出动。这时起飞，正是抓它的空隙，乘虚而入，出其不意。

担任掩护任务的空三师七团按照协同计划规定，于 15 时 21 分准时从浪头机场起飞。24 架米格－15 喷气式歼击机，编成威武严密的团楔队，沿着关家堡子、义州向战区疾飞猛进。15 时 38 分掩护机群不差分秒到达宣川、身弥岛上空，在 7000 米高度巡逻，严密监视周围空域的动静。

由于这次作战行动隐蔽、突然，各机种配合默契、协同精确，使侵朝美空军迷惑、愕然。联合编队机群，在没有美机拦阻的情况下，列着整齐的队形，迅速向目标挺进。

飞行员们在地面训练中早就熟悉了目标特征，还在距大和岛 30 公里远的地方，大队长韩明阳就发现了目标。他兴奋地叫了起来："瞄准，准备轰炸！"

这时，大和岛的敌军才如梦初醒，高射机枪在慌忙中向我机群开火。一团团没有规则的火花在飞机前后左右绽开、翻腾。

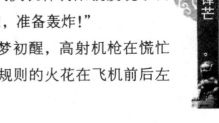

初露锋芒

"压制敌人火力，冲过去！"射击主任杨震天胸有成竹地组织全体射击员用航炮还击，领航主任柳元功沉着地定向、定距、瞄准，指令各机组准备突击、投弹。

敌人的高射火力被压制住了。混合编队无一损伤，怒吼着冲向大和岛。15时39分，二十二团二大队9架图-2飞临大和岛上空。顿时，复仇的炸弹犹如瓢泼的大雨向目标倾泻。岛上大火弥漫，美军紧急向在南朝鲜的美军第八集团军呼救。

美国人做梦也没料到，幼小的中国人民志愿军空军会使用轰炸部队。当他们的几十架"佩刀"式战斗机匆匆从南朝鲜赶来大和岛增援时，我们的轰炸机群已胜利返航了。这次轰炸，我轰炸机群投弹81枚，命中71枚，命中率为90%。炸死炸伤敌少将作战科长、海军情报队长等60余人。炸毁敌房屋40余幢，粮食20余吨，弹药15万余发，以及停泊在海边的木船两只，彻底摧毁了预定目标。在整个战斗过程中，我机无一损伤。

盘踞在朝鲜西海面大和岛上的南朝鲜伪军第九师和美军的情报机关，在1951年11月6日遭到我志愿军空军的突然轰炸后，残存之敌又将指挥机构移至岛上的灯塔（地名），继续侦听、搜集我航空兵的活动情况，并派遣特务潜入朝鲜北部西海岸地区进行破坏。

"必须攻占这些岛屿，彻底捣毁匪巢！"中朝人民空军联合司令部指挥所决定，以航空兵第八师9架图-2轰炸机，由航空兵第二师16架拉-11歼击机护航，由航空兵第三师 24 架米格－15 歼击机空中掩护，于 11 月 30 日 15 时 25 分轰炸大和岛灯塔的敌指挥机构，配合地面部队渡海作战。

具体部署是：图－2 轰炸机各携带 100 公斤杀伤爆破弹 7 枚，100 公斤燃烧弹 2 枚，于当日 14 时 20 分从于洪屯机场起飞，以奉集堡为航线起点，在凤城以北上空与拉－11 飞机会合。

拉－11 飞机应于 14 时 29 分从凤城机场起飞完毕；起飞后沿预定航线飞行，迎面发现轰炸机后，左转弯与其会合组成混合机群，担任全程护航。米格－15 飞机应于 15 时 04 分从浪头机场起飞，15 时 20 分到达大和岛东北 25 公里处的身弥岛上空，在预定高度，以空中掩护的方式保障轰炸机的战斗活动。

当日 14 时 19 分 30 秒（比预定时间提前了 30 秒），志愿军空军第八师二十四团一大队大队长高月明率 9 架图－2 起飞，经奉集堡出航。

本来就提前起飞，加上编队集合过程中带队长机转弯过早等原因，结果比规定时间提前 5 分钟到达预定会合点，直至凤城以南才与担任直接护航的第二师 16 架拉－11 型歼击机会合。15 时 07 分，混合机群比原计划提前 4 分钟到达指定空域。

如果是陆军抢占山头，这 4 分钟也许会减少巨大伤亡。然而，现代化的协同作战要求分秒不差。担任掩护任务的第三师米格－15 型歼击机，仍在按原计划向身弥

初露锋芒

岛上空飞行。在失去喷气式歼击机掩护的情况下，轰炸机编队遇到了意外。

机群通过龙岩浦，刚刚越过泛着白光的海岸线，突然从云层中钻出一些迅速移动的黑点，4 个、5 个、6 个……越来越多，越来越近，原来是 30 多架 F－86 飞机！有的位于我编队左前下方，有的位于后方，有的位于左、右后方。

"哒哒哒……"敌机开炮了。F－86 喷气式战斗机群向我混合编队凶猛扑来，企图拦住我机去路。

在这紧急关头，传来了地面指挥员第八师师长吴恺的命令："坚决前进，完成任务！"

联合机群在带队长机高月明的率领下，一面组织火力反击美机，一面冲破拦阻，奋勇飞向目标。

这是一场强弱悬殊的较量。一方是 30 多架最新式的 F－86 喷气式战斗机，另一方是 20 多架第二次世界大战时的活塞式螺旋桨飞机。

敌机从前后、左右构成猛烈的火网向我轰炸机群袭来。我轰炸机也不示弱，每架飞机的射击员、通讯员都向美机开炮，用机上航炮构成火力网大力反击。

敌人见编队攻击不成，又改为单机闪电般地连续交叉攻击，妄图各个击破。

"把队形靠近，沉住气，坚决地打！我们一定要完成任务！"大队长高月明通过无线话筒果断地指挥着战友们。机组之间，前舱后舱也互相鼓励。

07 号机通讯员在机内通话："同志们，勇敢、沉着，就是胜利！"

08 号机也喊道："狠狠地打，注意自己的飞机！"

在拉－11 歼击机的掩护下，轰炸机群一面猛烈还击，一面紧缩队形，坚定地向大和岛方向前进。

敌人见单机各个攻击也没有得逞，又改变战术集中攻击我轰炸机尾后的三中队。

三中队队长邢高科镇定地叮嘱中队的同志们："要坚决顶住！把敌人的火力吸引过来，支援前面机组去完成任务！"

邢高科驾驶着飞机忽而上升，忽而下滑，忽而右侧，忽而左转。敌机虽然像一条尾巴跟着他一个劲儿地晃来晃去，可就是打不中。

这时，敌机从四面八方蜂拥袭来，纷纷开炮。

"哗啦！"邢高科的飞机后舱盖被敌机打得粉碎，射击长吴良功身负重伤，舱盖碎片击中通讯长刘绍基，他的头部、脸上鲜血直流。

寒风呼呼地冲进后舱，撕扯着刘绍基流血的伤口。刘绍基不顾一切地接过吴良功手中的航炮继续对着来袭之敌射击。满头、满脸的血顺着脖子往下流，他也顾不上抹一把，全神贯注地套住前方一架敌机，迅速转动航炮，在距敌 450 米时果断开火。

一串子弹出膛，打得敌机翻了个斤斗，受伤的敌机扭头想逃。刘绍基眼疾手快，又是一个连射。"轰"的一

初露锋芒

声，这架 F－86 凌空爆炸。

刘绍基创造了空战史上用活塞式轰炸机击落敌喷气式战斗机的先例!

就在这时，共产党员宋凤声驾驶的飞机被 4 架敌机围攻，飞机左、右发动机先后被击中，烈火、浓烟迅速向座舱蔓延。

"你们赶快跳伞!" 宋凤声慷慨激昂地命令。作为飞行员，谁心里都明白，这意味着什么：顷刻之间将机毁人亡!

"机长，我不跳!" 领航员毫不犹豫地说，"不能让你一个人留下!"

"要活我们一起活，要死我们一起死!" 后舱射击员和通讯员几乎是异口同声地回答。

一股热流沟通了机组每一个人的心。大家有一个共同的想法：坚守住岗位，奋勇战斗，完成任务!

"不! 不能作无谓的牺牲，你们应该为党继续工作。我是机长，是共产党员，我应该坚持到完成任务。" 宋凤声对着话筒大声喊道。但领航员、射击员、通讯员一个个泰然不动。

火烧到了座舱，烧着了宋凤声的上衣，继续卷向领航员。

飞机随时都可能爆炸。宋凤声一边双手紧握驾驶杆，加大油门追随着整个机群向大和岛前进，一边疾言厉色地喊道："跳伞! 执行命令! 快!" 那声音威严得不容违抗，那语气又饱含着无限的深情。

战友们跳伞了。飞机已无法操纵，整个机身成了一团火。宋凤声的一腔热血洒在了朝鲜的长空。

"保持队形，坚决回击，勇敢前进！"

"把队形靠近，沉住气，坚决打！"

"我们一定要完成任务！"

此时，我轰炸机已被击落3架，其余6架中有5架负伤。看到有同志牺牲，英勇的志愿军飞行员们反倒更加坚定，在无线电里，大家互相鼓励着。

轰炸机编队先后击退敌机三四十次的攻击、阻拦，击落击伤敌机8架。轰炸机编队在带队长机高月明坚定沉着的指挥下，始终保持队形，继续前进，逐渐向大和岛的上空接近了。

美机又扑了上来。

突然，从带队长机的右僚机毕武斌的右后方蹿出两架敌机，接着又有两架从他的后上方直冲下来。毕武斌的机尾受了重伤。毕武斌猛然拉起机头，躲开敌机的围攻，同时命令射击员和通讯员："打掉它！打掉它！"

但机上哑无声息，原来射击员和通讯员都牺牲了，毕武斌还没有发现。

这时，前后3架敌机冲过来围截毕武斌，毕武斌腹背受敌。他沉着而迅速地向右做机动飞行，仍然习惯地呼叫着射击员和通讯员的名字，连声喊："开炮！开炮！"

喊声刚落，他就感到飞机被沉重地撞击了一下，座

初露锋芒

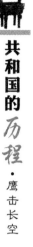

舱盖被打了个窟窿，领航员受伤了，鲜血浸透了他的衣裳。毕武斌也被震得头昏眼花，但他的两只手像两把铁钳紧紧地攥住驾驶杆。

飞机在急剧下坠，发动机燃起了熊熊大火。寒风呼啸着冲进座舱，奄奄一息的领航员苏醒过来，挺了挺身子，吃力地说了声"机长，跟上……队"便合上眼倒下了。毕武斌悲愤满腔，用尽全身的力气拉起驾驶杆。下坠的飞机再次向上升起，艰难地追随着编队朝着大和岛飞去。

就要到大和岛上空了，飞在前面的轰炸机将炸弹倾泻而下。不幸的是，毕武斌机上的高压油管爆炸了。汽油喷向机身，大火借着风势呼呼地卷起一条"火龙"，又从机外蹿到舱内。

"跳伞，赶快跳伞！"空中指挥员向毕武斌发出紧急的呼喊。

"不！敌人的巢穴就在眼前。我担负着全机组牺牲的战友们的重托。我要扑上去，投下全部炸弹！"

虽然他完全来得及跳伞，但他没有跳，而是驾着烟火滚腾的飞机，直向大和岛俯冲下去。终因飞机负伤过重，祖国人民的优秀儿子在冲向敌巢时壮烈牺牲。

"宋凤声！毕武斌……"长空回响着战友们的呼唤，大海融汇了英雄们的鲜血。

英烈的壮举，化作无比巨大的力量。

经过8分钟的激烈空战，我轰炸机群冲破层层阻拦，于 15 时 20 分 10 秒终于飞到大和岛上空，坚决果断地对目标实施了轰炸。美国和南朝鲜特务部队驻地变成了一片火海。

"成功的轰炸"震惊了美国上下，一向认为中国人民志愿军空军对其"空中优势"奈何不得的美国空军当局对此采取不承认的态度。当晚美联社惊呼"这次袭击不会是中国方面来的"。美国有关报纸也评论说："看来不是亚洲人干的。"

这次轰炸大和岛，准备充分，出其不意，密切协同，圆满完成了轰炸任务。

初露锋芒

螺旋桨飞机击落喷气式飞机

1951 年 11 月 6 日下午，朝鲜铁山半岛海域上空，由 9 架图 – 2 型轰炸机和 16 架拉 – 11 型歼击机穿云破雾，风驰电掣地向铁山半岛一带的美军空军基地和雷达站飞去。

在编队的左边，中国人民志愿军空军第八师第四团副团长王天保驾驶着拉 – 2 型飞机，警惕地观察着天空。

为了方便观察，王天保将保险带放松，又擦了擦座舱玻璃，然后"哗啦、哗啦"地给 3 门机炮推上炮弹。王天保知道，敌人驾驶的是喷气式飞机，而自己驾驶的是螺旋桨战斗机，速度远远跟不上敌人。所以，自己必须做好战斗准备，争取先敌发现、先敌开火，在战斗中发挥螺旋桨式飞机灵活、低速、低空性能好的优势，打败在速度上占优势的敌机。

突然，王天保发现从远处飞来一片奇怪的云彩，像是一群苍蝇。很快，这些"苍蝇"就飞到近前。

王天保仔细一看，是美军 34 架新式 F – 86 式喷气式战斗机！他们正企图绕过我军战斗机群，攻击我军轰炸机群。

王天保看破美军意图，立即向战斗机群下达命令："全力出击，我在轰炸机在！"

拉－11战斗机群奋力迎战。王天保率领战友们一面以炮火吸引敌机，一面改变编队，从两翼编队转换成一字编队，在我军轰炸机群前形成了一道屏障。

对于如何与敌人的喷气式战斗机作战，王天保他们在战斗前曾做过研究。号称"佩刀"的美军F－86喷气式战斗机时速可达到1100公里，升限达到一万米以上。而我军的拉－11战斗机是苏制螺旋桨驱逐机，时速最大极限是700公里。我战机在升限、攻击能力方面均远远落后于敌战机。

面对这样的情况，王天保和战友们研究出多种战法。如果敌机从后面来，远距离的时候，利用我们飞机灵活性，急转弯和敌机打对头和斜对头。或者，等敌机擦过来的时候，就翻扣过来打。敌人比较近的时候，就急剧侧滑，破坏敌机瞄准，然后反扣过来打击敌机。

所以，王天保对如何消灭敌人早已是成竹在胸。

这时，敌机发现王天保是带队长机，就用7架飞机将他包围起来。

王天保则发挥我机的灵活性，与敌机周旋，总是在敌机刚要瞄准时，一个漂亮的转弯就把敌人给甩掉了。王天保驾驶飞机上下翻飞，左冲右突，一边躲避敌机的攻击，一边寻找战机。

战机终于出现了！

王天保发现，一架敌机稀里糊涂地跑到自己的前面，距离自己只有200米，敌机上的座舱、炮口，甚至编号

都看得一清二楚。

王天保正准备开炮，但左后方的两架敌机死死地咬住了他，另4架敌机急忙转弯欲拦住他的去路。因为转弯太猛，4架敌机贴着他飞机的上方呼啸冲过，一下子就冲到王天保的飞机前。

王天保马上抓住战机，瞄准其中两架猛烈射击。霎时间，两架敌机被笼罩在一片火网中。

两架敌机遭到重创，开始摇摇晃晃，接着就拖着浓烟，像断了线的风筝一头栽了下去。

打落前面两架敌机，王天保士气大振，他又猛地掉转机头，与一直尾随在其后的两架敌机来了个"面对面"。敌机一下子慌了神，急忙掉头逃窜。此举正中王天保下怀，他稳稳地瞄准一架敌机，40发炮弹呼啸着命中敌机。那架敌机也很快冒着黑烟坠入大海。

螺旋桨战斗机居然击落了喷气式战斗机，王天保创造了世界空战史上前所未有的奇迹！敌机群慌了神，嚣张的气焰顿时消失。

王天保他们圆满完成了掩护任务，使我军轰炸机成功地将美军设在铁山半岛的空军设施炸瘫痪了，拔掉了美军的一个重要战略要塞。

夜空战歌第一曲

1953 年 5 月 30 日凌晨 2 时，志愿军空军第四师第十团副团长侯书军来到值班室，与领航主任宋亚民准备执行夜间值班飞行。

突然，值班室的警铃声大作，电话也响了起来。

一抓起电话，侯书军就听见指挥所值班主任宋成钢师长大声命令："侯团长，命令你们立刻起飞，到新安州上空拦截敌机！"

"明白！"侯书军扔下电话，与宋亚民冲向机场，迅速登上 4 号、5 号战机。

随着一阵轰鸣的马达声，两架战鹰像利箭一样冲入茫茫夜空。

侯书军高度 5000 米，宋亚民高度 4500 米，按照志愿军空军指挥所的指挥，经铁山、宣川飞向战区。

夜战，对这支刚刚组建的人民空军来说，还是个空白，没有机载雷达，夜间作战只靠飞行员的眼睛和地面探照灯的引导。

而美军全天候喷气式战斗机 F－94 装备有先进雷达，且是双人驾驶，一个专门负责驾驶，一个专门负责搜寻目标。

两军相比，无论是从飞机质量和飞行时间，志愿军

初露锋芒

空军都处于绝对劣势。

侯书军和宋亚民的战鹰起飞后，沿着指定的航线向战区飞去。

座舱外，除了一颗颗星星在闪闪发光，四周是一片漆黑。

他们全神贯注地驾驶着战鹰，不时打开机上的荧光灯，根据地面指挥所的命令，仔细地检查指示灯，随即关上灯，凭着感觉飞行。

夜间作战最大的障碍就是心理障碍。

由于四周一片漆黑，左右上下都看不到参照的地标，只能依靠仪表。这很容易使人在心理上产生错觉，陷入思维混乱。所以要求飞行员具备极大的克制力，克服时时袭来的不安全感，相信仪表。同时，还要保持冷静的头脑，在命悬一线的强大精神压力之下搜索目标，执行战斗任务。

"4号、5号，发现敌机两架，在永柔、顺川之间活动，注意搜索，注意搜索！"当飞机飞到新安州上空时，耳机中传来了地面指挥员的通报。

"4号、5号明白！"侯书军回答，同时指示宋亚民，"注意搜索！"

随后，侯书军立刻上升高度，瞪大双眼，从左到右、从右到左、上上下下、远远近近地观察夜空。

侯书军一面上升到6000米高度，一面向新安州方向机警地搜索前进。

他刚飞至博川以南上空，突然发现一个火光点从自己飞机的左后方一闪而过。

他迅速左转弯追赶。但是，眨眼间，光点不见了，座舱外又是一片漆黑。

侯书军根据指挥所通报的情况，飞向新安州地区继续进行搜索。

他细心地环顾周围的夜空，发挥平时练就的目视发现目标的本领，又在自己的左前下方，看到一个闪闪的光点，像在夜行时看远处模糊的一盏灯火一样。侯书军定睛一看，这小小的光点在飞快地移动着。

侯书军赶紧加大油门向光点冲去，同时改变了飞机偏度。

这时，他发现光点时隐时现。

是敌机，不是星光！星光不会随着飞机偏度的改变而消失，只有敌机机尾喷口的火光才会随着视角的改变时隐时现。

侯书军当即作出准确的判断。

"5号，5号，发现目标！"侯书军兴奋地叫起来。

"5号明白，5号明白，我也发现目标！"宋亚民回答。

侯书军紧盯着前面的光点，一面高声命令："5号，你掩护，我开始攻击！"

"5号明白！"宋亚民答道，随后"刷"的一声，飞到了侯书军的背后。

侯书军盯着敌机的光点，从后面直追过去，他加大油门，距离敌机越来越近，光点也越来越大。

终于，侯书军看清楚了从敌机尾部喷火口喷出的一束尾焰。

这时，美国空军发现了从后面逼近的飞机，美长机拼命地左右动作妄想摆脱危险。

侯书军看到前面的尾焰上下左右地摆动，他知道这是敌机开始想摆脱他，就猛一推油门，加大速度冲上前去，紧跟着敌机不放，死死地咬住了它。

敌僚机发现长机被咬住，猛打舵，"刷"地飞到侯书军的机后，准备在后面攻击侯书军。

僚机驾驶员宋亚民发现突然在两机之间插进一敌机，立刻高呼："4号，4号，你身后有小狼，千万别叫他咬住！"

说完，宋亚民猛推机头，昂头冲上高空，再一转舵，又从空中俯冲下来，俯冲的同时，猛按炮钮，向敌僚机扫射。

"咚咚咚！"炮弹从敌僚机机头扫了过去。

敌僚机吓得转身逃命去了。

见僚机赶跑了尾巴，侯书军安下心来追击敌人。透过机舱，侯书军看到前面的火焰越来越大，已经可以看到敌机的轮廓了。

凭经验，侯书军知道敌机已进入有效射程，就把手放在了炮钮上。

就在要按下炮钮的时刻，敌机的尾焰突然消失了，飞机座舱外一片漆黑，侯书军一下子失去了目标。

原来，敌机发现自己的尾焰是对手追击的目标，就冒险使出了最危险的一招，猛地来了一个紧急停机，熄灭发动机尾焰。在停机的同时，敌机飞行员将机头向下一压，驾驶飞机迅速向下滑翔而去。

失去目标的侯书军从座椅上站起来，瞪大眼睛左右搜索起来。

突然，他发现在他下方 300 米处，敌机尾部又喷出火焰来。

侯书军立刻猛踩油门，追了上去，将敌机紧紧咬住。

敌机刚刚启动发动机，还未来得及加速，又被侯书军咬住了。

侯书军双眼瞄准敌机的尾部喷火口，猛扣炮钮。

立刻，飞机剧烈抖动起来，炮弹呼啸而出，拖着耀眼的白光直扑敌机。

"轰"的一声巨响，侯书军眼前燃起了一团耀眼的强光，威力巨大的 37 毫米航炮将敌机尾部打开了花，像礼花一般向四下散去。

"打中了！打中了！"宋亚民高声喊起来。

"5 号，胜利了！返航！"侯书军平静地下达命令。

第二天，敌机的残骸在价川附近被我地面部队发现。

同日，美国空军发言人宣布：美空军的一架 F－94 喷气式夜间歼击机于夜间飞行时失去联络，不幸失踪。

初露锋芒

我志愿军空军部队举行庆功大会，侯书军的战鹰身上又加上了一颗鲜红的五角星。

侯书军的这一炮，是志愿军空军在无机载雷达、无探照灯照射，靠目视发现目标，直接瞄准射击命中的第一炮。它奏响了我志愿军空军夜空战歌的第一曲。这是志愿军空军第一次在夜间击落敌机，它标志着志愿军空军在成长的道路上又向前迈进了一大步。

三、 空中搏杀

● "砰!" 随着绿色信号弹腾空而起，机场上立即响起隆隆的发动机声。接着，战机一架跟着一架腾空而起，直插云霄。

● 东京电台称，张积慧打下的是美国王牌飞行员戴维斯少校。

● 费席尔用狐疑的目光把韩德彩上下打量了一番，双肩一耸，摊开双手，摇动着脑袋，说："对不起，长官先生，我不愿开这种玩笑。"

李汉再传捷报

1951 年 1 月 23 日，浪头机场的雷达屏幕上突然密密麻麻地显示出近 80 个亮点，雷达操作员急忙发出警报：敌 F－84 战斗轰炸机 33 架，F－86 战斗机 46 架正向我机场袭来！

指挥员立刻命令战机升空拦截。

指挥员的命令刚刚下达，伴随震耳欲聋的轰鸣声，一阵猛烈的弹雨狂啸着扑向停在机场的战机。随即，几架 F－86 战斗机几乎擦着指挥员的头顶飞了过去，掀起的狂风差点把指挥所掀翻。

F－86 战斗机在机场上空上下翻飞，不停地扫射，在天空中织起一张火网，妄图把志愿军的飞机消灭在地面上。

面对敌人的火力压制，李汉大队勇敢地驾驶飞机强行起飞。升空后立刻与敌人缠斗在一起，一路猛打猛冲。敌人没见过这种类似空中拼刺刀的打法，吓得落荒而逃。

在李汉大队的截击下，此战美国空军一无所获。

李汉下飞机后，远望敌人逃走的方向想：下次可不能这么便宜他们了！

1951 年 1 月 29 日 13 时 34 分，志愿军空军雷达站报告，发现一批美机在定州、新安州上空活动，全面封锁、袭击新安州东站和清川江大桥。

接到报告后，空军指挥部决定消灭这批敌机。

命令刚刚下达，早已坐在机舱里的李汉大队长立刻启动飞机，率领8架战机呼啸而起，向战区飞去。

数分钟后，李汉的耳机中传来地面指挥员的指令：

"101注意！敌机方向120度，距离80公里，高度6000米，注意搜索！"

"101明白！"李汉一面大声回答，一面思索着作战方案。

"二中队高度8000米，一中队高度7200米，航向130度！"李汉把出击航向选大10度，为的是利用阳光，隐蔽接敌。

两个中队，一前一后，保持着整齐的阵形向战区疾进。

高高低低的山峰，曲曲弯弯的河流，在机翼下一一闪过。

6分钟后，耳机里再一次响起了地面指挥员急切的声音："101注意！目标就在左前方！"

顿时，8名飞行员的视神经一下子紧张起来，仔细巡视着周围每一个方位。

"101！左前方发现敌机，高度比我们要低。"绰号"千里眼"的4号机驾驶员孙悦昆兴奋地叫了起来。

李汉定睛一看，果然在左下方出现了两个苍蝇似的黑点，2架、4架、8架……李汉清楚地看到了分作两层

空中搏杀

的 16 架 F－86 歼击机。

这一次，李汉没有急于攻击。

李汉想：敌机虽在高度上处于不利地位，但在数量上占优势，我们必须设法造成敌人的错觉，创造更有利于我而不利于敌的条件，然后给以突然袭击。

于是他率队继续前进，并命大家做好攻击准备。

这时，美机也发现了志愿军机群。狡猾的美机偷偷地向太阳方向飞去，企图借着阳光甩掉志愿军机群。

李汉将计就计，居高临下，顺着阳光，看清了敌人的部署。

16 架敌机分为 6000 米和 5000 米上下两层，每层 8 架，都是 4 架在前，左右侧后方各有双机掩护。

李汉决定等敌机到达自己右下方时，集中兵力攻击最上层，打它个措手不及。

"全队注意，投掉副油箱！二中队掩护，一中队攻击！"李汉见时机成熟，果断地下达攻击命令。

李汉随即率领一中队右转 120 度，一推机头，以迅雷不及掩耳之势向上层 8 架美机猛压过去。

透过机舱，李汉看到敌机纷纷扔掉副油箱，摆出迎战的架势。上层的 4 架敌机抬起机头，向自己冲过来。

敌人想利用双方的高度差，从我机腹下对冲而过，然后抢占有利高度，变被动为主动。

李汉一边压低机头一边呼叫僚机跟上："102，102，向我靠拢，向我靠拢！"

僚机呼啸着跟上，与李汉成双机编队拦住敌机去路。

美机立刻陷入进退两难的境地，只好硬着头皮与李汉面对面决斗。

这样，我机与敌机以1000多公里的相对时速飞速对冲。眨眼间，两机就相距不到1000米了。

敌人胆怯了，为首的敌机向右一侧身，避开了李汉的锋芒。

美国人在地上不敢拼刺刀，到了天上也是如此。李汉开始有点瞧不起这些胆小的"老油条"了。

一看敌机向右转，李汉马上沿它的飞行弧线插入，进入咬尾攻击位置。

李汉刚要跟踪追击，忽然发现另外4架美机向左转过来。李汉识破了敌人企图迂回我机的诡计。他机智地向左一转机身，敏捷地从敌机内侧截了过去。

就在这时，做掩护的4架美机也从我机右侧翻转上来，企图从右后方攻击李汉座机。

"坚决掩护101攻击！"一中队3架战鹰扭转机头，向美机扑去。

美机见志愿军战鹰来势迅猛，慌忙丢下他们的长机中队，向海面逃去。与此同时，下层的8架美机也从李汉后方钻了上来。

一直在高空监视敌机活动的副大队长带领其他几架飞机，从高空飞扑而下，猛烈开炮，把这8架美机打得晕头转向、四散逃命，有效地掩护了李汉。在战友们的

空中搏杀

掩护下，李汉终于咬住了敌3号机。敌3号机见势不妙，加速逃命。李汉加大油门，紧紧跟上！他稳稳地把敌机套进瞄准光环，600米、500米、400米……李汉猛地一按炮钮，只见三道火舌直射出去，敌机立刻拖着长长的黑烟，一个跟头栽进大海，海面上冲起一股巨大的水柱。随即，李汉率领机群乘胜追到海上。

海面上波光粼粼，敌机黑糊糊的影子清晰可见。一架敌机正准备转弯逃走，李汉瞄准敌机尾巴又是一串炮弹。敌机中弹，发疯似的向南逃遁。

战斗结束了，李汉率领战友们驾驶战鹰凯旋，刚下飞机，就被鲜花和欢呼的人群淹没了。

我年轻的人民空军在朝鲜战场上一开始就面对强敌，打了一场现代化战争，初试锋芒，取得了击落、击伤敌机3架，我无一损伤的战绩，在人民空军的战史上写下了光辉的一页。

从此，朝鲜战场上空不断传来战胜美国空中强盗的捷报。

张积慧击毙美军王牌飞行员

1952 年 2 月 10 日 5 时，志愿军安东机场一片沉寂，淡淡的薄云在清冷的早晨泛着白光。宁静的天空下，一排排银光闪闪的歼击机静静地停在起飞线上。

突然，一阵急促的警铃声在机场响起。

志愿军雷达发现，美机数批先后侵入平壤、沙里院和价川地区，其中 F－84、F－80 战斗轰炸机 16 架，在 18 架 F－86 战斗机的掩护下直向铁山半岛飞来。

按作战预案，志愿军空军司令员刘震命令：空三师第十团团长阮济舟率领 34 架战机迎敌。其中 16 架为攻击队，18 架为掩护队。

飞行员们飞也似地向飞机跑去，敏捷地登上飞机。

"砰！"随着绿色信号弹腾空而起，机场上立即响起隆隆的发动机声。接着，战机一架跟着一架腾空而起，直插云霄。

战机在空中集结，编成"品"字队形，急速飞往战区。

飞机穿过云层，迅速爬升，飞行员的视野豁然开朗。空四师十二团三大队的大队长张积慧，两眼紧盯着蓝天的尽头，搜索敌机。

机群飞过鸭绿江上空，继续向军隅里飞去。忽然，

飞在前面的张积慧发现，在远处天水相连的交接处有一道道白烟伸向远处。

张积慧脑子里一闪：这是飞机拉烟！有敌机！

"301，301，前方发现敌机！"张积慧一边向领机报告，一边紧紧盯住白烟。

"301明白，继续观察！"带队长机发出命令。

透过机舱，张积慧看到从海面上飞出来黑糊糊的一片像苍蝇似的东西，很快又变成一个个的小黑点了，又过了几秒钟，小黑点又变成一个个小黑十字架。

此时，美军的歼击机群也发现了我机群，迎面向我机群扑来。

带队长机阮济舟团长当即命令："投掉副油箱，准备战斗！"

张积慧接到命令，投掉了副油箱，命令僚机："308，立即升空，准备攻击！"

张积慧猛一拉操纵杆，率僚机单志玉爬上了一万米高空，占好有利位置准备攻击。

可就在张积慧爬上厚厚的云层时，目标一下子不见了。这样一来，既丢失了目标，张积慧和僚机又脱离了编队机群。他们一边向前飞，一边搜索目标。张积慧仔细观察了一阵，仍不见敌机的影子，就加大油门，率僚机向编队追去。

突然，一批美机从张积慧右后方的云层中直蹿下来，为首的两架美机已经猛扑到他们的尾后，距离越来越近，很快就要到开炮距离。张积慧对这突如其来的情况，先是一怔，但马上又镇定下来，并沉着地提醒僚机单志玉："308，注意保持编队！"

"308，跟我右转！"张积慧急呼僚机。

"307，308明白！"单志玉回答。

张积慧随即猛然右转上升，一下子将敌机让到了自己的右下方。

本来已准备开炮的美机扑了个空，从张积慧的后下方冲了过去。

就在敌机刚冲过去右转的一瞬间，张积慧没有机械地继续右转，而是机智地率僚机利用高度优势，急速向左反扣，巧妙地使自己处于敌机右后上方的位置，形成了对敌机咬尾攻击的有利态势。

在这个过程中，僚机单志玉不顾尾后其他敌机的威胁，紧紧地掩护着张积慧，以便让长机抓住这一绝好的机会，瞄准攻击。

敌机一看被咬住，"刷"地向下俯冲，待张积慧跟上后又迅速地拉起，迎着太阳急速上升。

紧追不舍的张积慧立刻被太阳照得睁不开眼，只好调整角度，暂时放弃攻击。

空中搏杀

敌机见自己动作成功，就再次向下俯冲，企图从低空逃之夭夭。

"307，敌机要逃！"耳机里传来僚机驾驶员单志玉紧张的声音。

"307明白！308，紧随我后，开始攻击！"张积慧命令。

乘敌机俯冲观察不便之机，张积慧率领僚机单志玉向敌机猛冲过去，再次咬住敌机尾巴。敌我两机距离越来越近。

张积慧清楚地看到，这是架F-86型战斗机，它绰号"佩刀"，被美国空军称为世界上最先进的喷气式战斗机，在水平机动时占有绝对优势。

坐在敌机里的飞行员不时紧张地回头看，驾驶飞机左摇右晃，企图利用水平机动优势摆脱不利位置。

张积慧则充分发挥米格-15战机垂直初速较快的优势，上下翻飞，始终将敌机紧紧地咬住。

2000米……1500米……张积慧果断地按下炮钮，可惜，因角度差了一点，一串火舌紧贴敌机身边飞了过去。

听到炮声，敌机更加疯狂地逃窜。

张积慧咬紧牙关继续猛追过去，在600米的距离上，终于再次将敌机套进瞄准光环，一按炮钮，3炮齐发。

三道火龙直扑敌机，敌机先是跳动一下，接着拖着一股浓烟，打着螺旋，一头栽在山坡上。

"打得好！"耳机里传来单志玉兴奋的声音。

张积慧还没来得及高兴，又一架敌机从他头上冲了过去。张积慧接着紧紧拉起机头，向这架敌机冲去。

正当张积慧逼近到开炮距离时，敌机突然来了个上升转弯，企图逃脱。

张积慧见美机做出这种动作，正求之不得。他充分发挥米格－15的优越性能，敏捷地上升转弯，从内圈切半径，向美机迅速靠近，在400米距离上，张积慧打出一串炮弹。

立刻，敌机被打得凌空解体，满天都是闪亮的铝片。前后不到1分钟，张积慧在僚机单志玉的紧密配合下，击落美机2架！

空战结束后，当地的志愿军地面部队从美机残骸中找到1枚不锈钢的驾驶员证章，上面刻着：第四联队第三三四中队中队长乔治·阿·戴维斯少校。

这一情况迅速报至志愿军空军司令部。

不久，志愿军侦听部队也报告：东京电台称，张积慧打下的是美国王牌飞行员戴维斯少校。

戴维斯有着3000小时的飞行经历，在第二次世界大战中，参加战斗266次，击落敌机7架。美国空军为了取得喷气式飞机作战的经验，特意选派了一批第二次世界大战中的优秀飞行员来朝参加实战。戴维斯在被击毙之前，已在朝鲜执行了60次空中战斗任务，击落11架战斗机、3架轰炸机，在当时是美军中"战绩"最出色的王牌飞行员。

戴维斯之死震惊了美国上下。

戴维斯所在的第四联队空军基地，一连3天举行了哀悼仪式，基地的美国国旗也降了半旗。

美军远东空军威兰也远道赶来，参加了追悼仪式。

空中搏杀

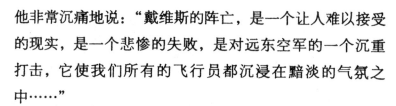
他非常沉痛地说："戴维斯的阵亡，是一个让人难以接受的现实，是一个悲惨的失败，是对远东空军的一个沉重打击，它使我们所有的飞行员都沉浸在黯淡的气氛之中……"

戴维斯的夫人致函美国空军，提出了强烈抗议："为什么要让我的丈夫，参加这样一场没有任何意义的战争？既然美国空军是世界上最好的空军，乔治又是美国空军中最好的飞行员，那么他为什么会死去！你们说的全是假的，你们全是一群骗子！"

美国国会参议员、共和党领袖鲍里奇也为此在国会上大发雷霆地说，"侵朝战争是美国历史上最为耻辱的战争"，"战场上的士兵们大为丧气"，本来就"不应该把戴维斯调到这个战场上来的！"

与此相反，中朝军民得知这一胜利喜讯后，无不欢欣鼓舞，拍手称快。为表彰张积慧所取得的卓越功绩，中国人民解放军总政治部将张积慧的事迹通报全军，给张积慧记特等功一次。

韩德彩智擒"双料王牌"费席尔

1953年4月7日10时，志愿军空军安东前线大堡机场上空蔚蓝如洗。一队志愿军战机完成巡航任务后，正在向机场滑降。

在3000米的高空，盘旋着两架米格－15战机，志愿军空军飞行员韩德彩正在和张牛科执行掩护机群降落的任务。

韩德彩坐在机舱里，望着一架架银光闪闪的战鹰，散开队形，降低速度，依次降落在阳光灿烂的机场上。这时，韩德彩眼前的仪表盘上红光一闪，油量警告灯亮起来了，这说明飞机油箱里的油已经不多了。韩德彩立即向指挥员报告了这一情况。

"现在没有敌情，可以降落！"地面指挥员向韩德彩下达落地的命令。

于是，韩德彩和长机张牛科拉开距离，减速下滑。

当韩德彩下滑到400米的低空改平飞时，耳机里突然传来地面指挥员紧张而急促的命令："拉起来，快拉起来！有敌机！"

不好，肯定遇到了敌人的"猎航组"。

韩德彩一听到地面的命令就明白了，他当即拉起机头并稍压坡度，同时向左右搜索。远处飘动着白云，"猎

空中搏杀

航组"的敌机肯定藏在云团中，他极力寻找敌机的踪迹。

用"猎航组"对付志愿军空军，是敌人采用的一种新战术。

"猎航组"有时隐蔽于万米高空的云彩后面，有时在机场附近山区上空设伏，趁志愿军空军的飞机起飞或着陆时发动偷袭。"猎航组"的成员都是一些飞行时间达一两千小时，打下过5架飞机以上的"王牌"或"双料王牌驾驶员"。他们都很狡猾，战术也高。起初，由于志愿军空军疏于戒备，曾吃过几次亏。

这一次，他们又想来捞点油水了。

忽然，韩德彩发现，左前方有两架飞机一前一后，正在以大坡度向左转弯，好像是在编队飞行。

韩德彩立即警觉起来：本团返航的12架飞机，除他和张牛科以外，都已安全着陆了，这两架是什么飞机？从哪儿来的呢？韩德彩一拨机头，飞了过去。

距离在渐渐缩短，韩德彩这才看清，原来前面的一架是友机，后面的一架是美机。

韩德彩不顾油料即将耗尽，毅然加大速度准备占位朝敌机攻击，以解友军之危。

不料，美机却停止了对友机的追击，一侧机身，转到了张牛科的左后下方，一压坡度恶狠狠地朝正在下滑着陆的张牛科开炮，并击中了张牛科的飞机。

韩德彩一面向长机呼喊着："3号，3号，快！快拉起来！我掩护你！"一面狠推油门，猛转机头，旋风般地朝敌机冲去。

韩德彩的猛烈扑杀让敌机猝不及防。敌机慌忙放开张牛科，向右来了个下滑转弯，以便摆脱被动。

张牛科的飞机虽然负伤，机尾冒着一股烟火，但在韩德彩的掩护下，脱离了美机的威胁后，安全着陆了。

空中只剩下韩德彩和被他追击的那架美机了。

韩德彩的机上，油料警告灯红光闪闪，如果再不降落，很可能耗光航油。但是，飞机眼看就追到开火距离了，韩德彩决定先打下敌机再说。

敌机左摇右摆，上蹿下跳，怎么也摆脱不掉韩德彩的飞机。于是，敌机飞行员耍起了花招，他一压机头，飞机急速下滑。

韩德彩一见，也准备推机头，下滑追去。

"不能追！"一个念头突然在韩德彩头脑中闪现。敌人企图引诱他上钩，然后利用敌 F-86 较好的水平机动性能逃脱。

于是，韩德彩没有盲目地追下去。他想：我的高度不到 900 米，敌机的高度是 800 米，下面是 300 米高的山头。在这有限的高度上敌机不可能做激烈的机动，否则他就会撞山。

这样一想，韩德彩反而略上升了一点高度，利用自己米格-15 飞机垂直机动性能较好的特点，居高临下严密地注视着敌机，待机歼敌。

敌人的阴谋没得逞，只好又向左上方拉起。

见敌机拉起，韩德彩一推操纵杆，向左前方来了个平压式俯冲，敌机的身影一下子被套进了瞄准具光环，韩德彩屏住呼吸，稳住机头，右手握紧炮钮，刚想开炮，敌机却"忽"地一下闪开了。

敌机飞行员是个老手，一看自己又被咬住，就马上改为右转，想利用 F－86 喷气机水平机动性能好的优势，左右急转，用大动作拼命挣脱韩德彩。

韩德彩一下子就被甩出了一段距离，但韩德彩也早就料到了这一点，他敏捷地一压坡度，战机呼啸着再次追了上去。

此时，敌机飞行员被吓坏了，也许是第一次遇见这样难缠的对手，开始不规则地走直线了。

韩德彩见时机已到，压住机头，再一次把敌机牢牢地套进瞄准具的光环中。

1000 米、800 米、500 米、300 米……韩德彩果断地按下炮钮。"咚咚咚……"一阵连续的炮响，一串串炮弹猛烈地射向敌机。

连串的炮弹首先炸毁了敌机的左翼，接着又命中了机身，只见敌机浑身冒烟，在空中挣扎了两下，随即摇摇晃晃地坠落下去。

不一会儿，一个花花绿绿的降落伞飘了出来。

"敌人跳伞了，快抓俘虏！"韩德彩立刻向指挥员报告。

"打得好！"耳机里传来指挥员兴奋的声音。

14 时，高炮部队在辽宁凤城县石头城山沟里俘获了一个狼狈不堪的美国飞机驾驶员。

这正是被韩德彩击落的美空军第五十一联队的"双料王牌飞行员"上尉小队长哈罗德·爱德华·费席尔。

这个费席尔，从 15 岁就开始飞行，是第二次世界大战后期的飞行员，多次受到重奖。仅在朝鲜战场上他就先后出动过 175 架次，击落我军飞机 10 架以上。按照美国空军的惯例，击落 5 架就可称为王牌，而费席尔自然是"双料王牌"飞行员了。

费席尔跳伞后降落在裕太村砬子沟的公路上，他把手枪、子弹、美钞、日元全部扔掉，撒腿就往山上跑。

裕太村民兵接到通知，已经在那里等候了。

费席尔惊恐地举起双手，民兵问他为什么往山上跑，他比比画画，意思是山上有志愿军，志愿军优待俘虏。

这位美国空中英雄对他被击落这件事并不服气，审讯时他一再要求见见击落他的那位对手。

19 岁的韩德彩走了进去，站在费席尔的面前。

费席尔用狐疑的目光把韩德彩上下打量了一番，双肩一耸，摊开双手，摇动着脑袋，说："对不起，长官先生，我不愿开这种玩笑。"

在费席尔看来，这个身材并不魁梧，脸上还透着一股稚气的飞行员，太年轻了，不可能有那么高超的空战经验和技巧。

翻译告诉费席尔，打下他飞机的这个人，今年 19

岁，参军后才学文化，在战斗机上共飞行了不到 100 小时。

这个仅在侵朝战争中就出动过 175 架次的费席尔顿时目瞪口呆，望着韩德彩问道："……他们付你多少雇用金？"

韩德彩一伸五指："5 万万！"

"5 万万美金？"

"5 万万颗人民的心！"

4 月 9 日，美国通讯社美联社从汉城发出一条消息：

> 美国第一流的喷气式空中英雄，双料王牌哈罗德·爱德华·费席尔，在 4 月 7 日作战中失踪了。

美利坚合众国又是一阵骚动。

继击落喷气式飞机王牌飞行员戴维斯之后，年轻的中国空军再一次让号称世界第一空中强国的美国大跌眼镜。中国空军的飞速成长，使美国空军参谋长惊呼："共产党中国几乎在一夜之间就成了世界空中强国之一！"

王海大队勇破"圆圈阵"

1951 年 11 月 18 日下午，朝鲜新安州、清川江一带铁路边的山头上，对空警戒哨突然发现，美军九批 100 多架敌机像乌鸦一样铺天盖地而来。

警戒哨士兵立即向空中开枪，向山下的部队发出防空警报。

没多久，敌机临空，投下弹雨，立刻，滚滚浓烟从铁路两侧腾空而起，"隆隆"的爆炸声把大地都震得直颤。

担任防空哨的小战士躲在防空洞里，轻蔑地说："这美国飞行员技术真不咋地，还没俺打枪打得准呢！"

他正在庆幸，却发现敌机开始向铁路桥攻击，一颗炸弹击中铁路桥，铁路桥被炸毁了。

"哎呀！不好，桥给炸塌了！"他气愤地冲出防空洞，拿起步枪对敌机猛烈射击。

突然，他发现，敌机不再攻击铁路桥，把炸弹都扔到江里，然后就晃动翅膀飞跑了。

"咦？敌机还怕步枪不成！"他抬头向天空望去，只见几架画着五角星的飞机正追着敌机打。

"哈哈，我们的飞机来啦，看你美国佬还往哪跑！"

此时，志愿军空军第四师一大队大队长王海正奉命

带领6架飞机追击敌人。

当临近战区时，王海发现左前方有60多架F－86敌机正在向清川江大桥投炸弹，江面上不时激起冲天的水柱，一段大桥已经被炸弹摧毁。

见此情景，王海愤怒地大喊一声："跟我攻击！"

6架飞机随即迅猛冲下，从6000米高处一直冲到1500米。

王海的眼睛一刻也没有离开敌人的飞机。他一边驾驶战机俯冲，一边盘算着如何消灭敌人。

就在几天前，王海因为过于激动，一次齐射就打光了炮弹，可是连敌人的边都没沾上，后来还是战友击落了敌机，那次战斗才没有空手而归。

透过机舱，王海看到，敌机发现我机后并不惊慌，而是从容地扔掉炸弹，减轻载重，然后摆出一个奇怪的阵形。8架敌机首尾相连，围成一个圆圈。

自从敌人在空战中吃亏之后，就多次改变战术。不管是"猎航"战术，还是单一空域多层战术，都被我军击破了。

这次敌人又拿出了"圆圈阵"的法宝。

这一战术，敌机既可以互相掩护，又能逐步脱离，而且，任何一架飞机遭到攻击时，其他飞机都能够寻机咬尾。

看到敌人的阵形，王海没有再命令攻击，而是果断地下达命令："爬高占位！"

随即他率领 6 架飞机在空中忽而急冲直下，忽而垂直上升，在敌人的圆圈阵里上下翻飞，像搅拌机一样在敌人的圆圈阵里猛搅一通。

面对我军这种横冲直撞的打法，敌人没了主意，慌忙躲闪，四散奔逃，圆圈阵一下子被搅乱了。

机会来了！

王海率领战友抓住这个机会，各自寻找目标，向敌机猛烈攻击。

王海又迅速升高，紧紧咬住一架敌机。700 米……600 米……500 米……王海瞄准这架飞机，猛地按动炮钮。

"咚咚咚"，一串火红的炮弹全部打进了敌机的机身。敌机翻滚着栽了下去。

"102，打得好！"僚机兴奋地大声欢呼。

与此同时，有一架敌机从王海后面直冲过来，情况万分危急。

"102！小心！"僚机焦景文猛地一推油门，向敌机扑去，套住敌机，"咚咚咚"地发射了一阵炮弹，把这架企图攻击王海的敌机打得东翻西歪地栽到了地上。

"轰！"敌机爆炸起火了。

周围的敌机又围拢过来，把王海、焦景文圈在中间，企图围攻他们。

王海大喊一声："攻击敌 3 号机！"

霎时，王海和焦景文一起向敌 3 号机扑了过去。

空中搏杀

敌3号机正庆幸与同伴一起围住了志愿军的飞机，不想这两架飞机直冲自己扑来。他想躲开，已经来不及了。

王海和焦景文同时开火，把敌机打了下去。

他俩乘胜追击，又击落了一架敌机。

飞行员孙生禄看到王海大队长勇战敌机，十分兴奋，他发扬了陆军"刺刀见红"的精神，紧紧套住了一架敌机，500米……400米……300米！

"快开火！开炮！"战友们大声喊。

"咚咚咚！"孙生禄猛按炮钮，直打得敌机冒起了黑烟，他还是没有松手。"咚咚咚！"又是一串炮弹飞进敌机身。

"轰！"敌机被打得凌空开花。

这样，60多架敌机被王海带领的6架飞机勇猛的攻击吓傻了，打蒙了。敌机摸不清志愿军出动了多少架飞机，一个个惊恐万分地纷纷逃走了。

王海没有恋战，果断地下达了命令："集体返航！"

这次空战，王海带领的大队创造了击落敌机5架，而自己无一伤亡的辉煌战果。

在入朝参战期间，一大队参加空战80多次，击落击伤敌机29架。

全大队人人立过战功，架架战鹰红星闪耀。

王海，大队长，击落击伤敌机9架，一级战斗英雄，特等功臣。

孙生禄，击落击伤敌机 7 架，二级战斗英雄，特等功臣。

焦景文，击落击伤敌机 4 架，二级战斗英雄，特等功臣。

……

英雄的大队，英雄的战士，他们立下的不朽功勋，在中国空军史上写下了光辉的一页。

一大队在王海的率领下，打一仗，进一步，越战越勇，越战技术越精，被誉为"英雄的王海大队"。

空中搏杀

赵宝桐铸就我空军王牌

1951 年 11 月 4 日，在志愿军安东浪头机场上，志愿军空军第三师的一架架银色米格飞机正整装待发。机舱里，我军飞行员头戴飞行帽，身穿飞行夹克，束紧安全带，坐在飞机里焦急地等待升空作战。

"啪啪"，两颗绿色信号弹腾空而起。飞行员立刻关上飞机舱盖，启动战机，滑向跑道，加速，起飞。

银色米格战机犹如离弦之箭直插云霄。

三大队副大队长赵宝桐在大队长牟敦康的带领下升空作战。

升空不久，他们突然发现清川江支流的上空出现了一朵奇怪的云，云很大，还有许多小黑点儿像蚂蚁一样在云的边缘移动。

牟敦康在无线电中急忙问道："清川江上空是谁的飞机？"此时，一大队和二大队已经按照指挥所命令返航，没有人向牟敦康作出回答。

大队长话音一落，三大队的所有飞行员都非常清楚了，清川江上空的许多小黑点正是敌人的飞机。

"全体注意！前面是敌机！"无线电里传来空中指挥员牟敦康的声音。

大家都立刻投掉了副油箱，加大速度向前飞去。

距离敌机越来越近，连敌机的形状都看得很清楚了。敌机分两层，共 24 架 F－84，正呈十字架形向大海方向飞去。

"二中队掩护，一中队攻击！"牟敦康果断地下达了命令。

占据高度优势的米格战机编队立刻以迅雷不及掩耳之势，从敌右侧上方以梯队队形向敌机发起猛烈攻击。米格战机充分显示了它的性能，一加油门，立刻如一束束银光，"嗖嗖"地射向"十字架"。

这一攻击在敌机意料之外，敌机机群立即阵脚大乱。

副大队长赵宝桐率僚机范万章，紧随牟大队长之后冲向敌群。眼见离敌机越来越近，赵宝桐正要调整角度，准备开炮，却见一串弹光从他的右后方向敌机射去。

是范万章先开炮了！

"打得漂亮！"赵宝桐不禁大声喝彩。尽管没有打中敌机，但范万章善于掩护长机并敢于战斗的精神使赵宝桐备受鼓舞。

就在赵宝桐高兴时，他的飞机因为俯冲速度太大，一下子冲进了两层敌机的中间。等到赵宝桐反应过来时，发现已经身处险境。

几架敌机一拨机头，都对准了他，黑洞洞的炮口随时都会发出致命的炮弹。

上下左右都是敌机，分秒之间就可以决定生与死。

赵宝桐临危不惧，猛地一拉操纵杆，机身"刷"地

空中搏杀

向上冲去，瞬间躲开了敌人的炮火，一道道炮弹被甩在了机翼的下面。

脱离险境的赵宝桐回头再看时，范万章的僚机和所有的米格飞机都不见了。漫漫空际只有他一架米格战机陷入敌机重重包围之中。

在大机群作战中，单机作战是不符合战术原则的。一种强烈的孤独感猛地向赵宝桐袭来。

"我看不到你们啦！"他大声向大队长呼喊。

"看不到也要保持空域，继续战斗！"大队长的话给了他莫大的鼓舞。

"是！"赵宝桐响亮地回答。

听到了大队长的声音，赵宝桐知道战友就在身边不远处。他很快就镇静下来，一个半滚倒转又冲了下去。

赵宝桐冲下来之后，发现前面正好有 4 架敌机交叉转弯，于是他咬住其中一架。

敌机发现被咬住，开始拼命摆脱。两架飞机在数千米高空展开生死追逐。

敌机左转，赵宝桐向左追；敌机右转，赵宝桐向右追。赵宝桐终于把敌机套进了瞄准光环。

就在赵宝桐准备开炮时，他突然想起从第一个击落敌机的战斗英雄李汉那里讨教来的作战经验：当你向敌机攻击的时候，一定要回头看看有没有敌机向你攻击。

于是赵宝桐快速回头一看，后面果然有 4 架敌机正在向他追击，敌机里飞行员红色的头盔、蓝色的眼珠、高耸的鼻子都清晰可见。

赵宝桐急忙对准敌机，狠狠地按下炮钮，然后来了一个快速的向上跃升。

就在飞机拉起的时候，后面的敌机开火了。敌机的炮弹紧擦着他的机身飞蹿过去。幸亏米格－15战机空中灵活、速度快，要不然肯定被敌机的炮弹击中了。

正当赵宝桐暗自庆幸的时候，他的米格战机进入了螺旋。灵活的米格战机突然像一个空心大铁砣，打着旋儿从数千米的高空向地面坠去，1000米、800米、500米……

机舱里的赵宝桐就像被湍急的旋涡挟裹着的一片小树叶，眼前瞬间是天、瞬间是地，天和地都在急速地旋转着。

尽管米格战机以可怕的速度向地面坠落，但倔强的赵宝桐已经从刚才惊心动魄的战斗中找到了镇静的感觉，沉着冷静地做出了处理。

螺旋终于停止，米格战机像刚从睡梦中醒来一样，一个跃升，又蹿上高空。

这时，突然"嗖"的一声，一架敌机冒着黑烟，从他身边急剧地坠落下去，险些砸在他的机翼上。原来是赵宝桐刚才发射的炮弹把敌机给打中了，但赵宝桐不知道那架敌机是自己打掉的。

透过机舱玻璃，赵宝桐看见在不远的地方有一架米格飞机，认为一定是那架米格飞机打中的。

空中搏杀

赵宝桐羡慕不已，心想：怎么人家一打就冒烟，我为什么就不行？

想到这里，赵宝桐心里产生一股无名的怒火，一定要打下敌机。

真是冤家路窄，赵宝桐突然发现前面有两架敌机被战友的米格飞机给打散了，像一对晕头转向的兔子，正撅着尾巴往前飞。

于是赵宝桐加大油门向前猛追，瞄准、锁定……"咚……"连开数炮。飞机剧烈抖动着，炮弹拖着火光直扑敌机。但敌机只是抖了一下。

"怎么还不冒烟？"赵宝桐亲眼看见敌机中弹了，但它还是没有冒烟，这让他很恼火，"难道这家伙这么经打？"

赵宝桐正要追赶，准备再补上几炮，这时响起了空中指挥员命令返航的呼叫。无可奈何的赵宝桐只好拉起驾驶杆，开始升向高空返航……

飞机落地后，一打开机舱盖，赵宝桐突然感到极度疲惫，浑身瘫软、无力，他几乎连爬出座舱的力气都没有了。

后来，通过专家判定射击胶卷，确认赵宝桐击落了2架敌机。

有了第一次的空战经历后，尽管和参加过第二次世界大战的美军飞行员相比还是一个新手，但赵宝桐已经找到对付敌机的高招——勇敢、战术加技术。

在整个抗美援朝战争中，赵宝桐驾驶着他这架心爱的已经飞得变形的米格－15战机总共击落了3架F－84、3架F－80，还击落了3架"佩刀"即F－86，成为我军击落敌机最多的飞行员。

空中搏杀

刘玉堤创一架次单机最高战绩

1951 年 10 月 23 日，清川江上空片片白云将湛蓝的天空映衬得纯净高远。白云之上，志愿军空军第三师 24 架米格战斗机正在执行战斗巡逻任务。

中午时分，飞行员耳机里传来地面指挥所的命令："敌机 116 架，正企图攻击我清川江附近地面目标。命你部立刻前往拦截。"

接到命令，米格飞机立刻从 8000 米高空作 180 度的下滑转弯，向美机活动的空域扑去。

飞机一穿过云彩，飞行员们就看见黑压压的一群敌机正在攻击清川江铁路桥。敌机扔下的炸弹在江面上激起冲天水柱，在江岸上炸起滚滚浓烟。

"各大队注意，前方发现目标！三大队掩护，一、二大队实施攻击！"带队长机果断地下达了作战命令。

"二中队，跟我攻击。"二中队中队长刘玉堤立即向一大队二中队发出攻击命令。

"明白！立即攻击！"

我军飞机立刻抛掉副油箱，投入战斗。

飞机急速下降。当刘玉堤率领战友们下降到 4000 米时，狡猾的敌人却神秘地消失了。

"敌机哪里去了？"刘玉堤紧张地盯着云层下面。

"74号！云层下面发现敌机！"僚机王昭明大声报告。

原来，见到我军战机临空，敌机F－84飞机立刻狡猾地下滑高度，向海面上逃窜，企图利用视线错觉摆脱追击。

在海上飞行时，天和海都是蓝的，飞行员很容易造成上下颠倒的错觉，一不小心就会扎到海里。

刘玉堤不慌不忙，看了一眼在自己身后作掩护的僚机，一个俯冲直追下去，紧紧咬住最后两架美机，一直追到大海的上空。

敌机发现被咬住后，拼命地狂逃，高度越来越低，4000米、1500米、500米，浪花几乎打着机翼。

眼看就要逼近海面了，美长机慌忙拉起，想转弯脱逃，可为时已晚。刘玉堤紧随其后，在440米处猛烈开炮，将敌机打得凌空开花，纷纷扬扬地坠入大海。

一看长机被击落，敌僚机慌张起来，摇摇摆摆地加速逃窜。敌机慌不择路，转弯时恰巧将机腹暴露在刘玉堤面前。

刘玉堤抓住这稍纵即逝的战机，一按炮钮，敌机立刻被打得起了火，拖着长长的浓烟，一头栽到海里。

正当刘玉堤与敌激战时，另外6架敌机猛地一个上升转弯，从后边咬了上来。

"74号，注意！小狼咬上你了！"僚机王昭明着急地大声喊。

"74号明白！"刘玉堤沉稳地回答。

王昭明一边提醒刘玉堤，一边猛地向左一带机头。这一下，6架敌机恰好从他前边冲了过去。王昭明急忙按动炮钮，来了个连续射击，直打得敌机四散开来，慌慌张张地向海空深处匆匆逃跑了。

王昭明将敌机打散后，掉转机头，四处寻找长机，可是只见大海茫茫，不见刘玉堤的踪影。这时，耳机中传来了"返航"的命令，王昭明只好怀着不安的心情返航。

打掉2架敌机以后，刘玉堤也单机飞到了陆地上空。他在蓝天上寻找着自己的僚机。这时，他突然发现有8架敌机正在轰炸铁路运输线。刘玉堤十分愤恨，掉转机头，向敌机扑去。

刘玉堤咬住最后一架敌机，他知道自己已经是孤军作战，必须谨慎从事。所以，刘玉堤没有马上攻击，而是机警地察看了一下四周的情况，当他断定没有敌机偷袭时，便立即紧紧地追了上去。

美机也发现了他，加速逃跑，刘玉堤则紧追不舍。

美机突然猛收油门，减小速度，企图让刘玉堤的飞机冲到前面，变被动为主动。刘玉堤机警地轻轻一蹬舵，转到了美机的侧面。

敌机诡计未能得逞，反而因减速脱离机群，慌乱之中，一个俯冲钻进了山沟，企图甩掉刘玉堤。刘玉堤见敌机钻进山沟，也一推油门，跟着钻了进去。

再向下就要撞山了，敌机只好拉起来。早有准备的刘玉堤立即切半径攻击，一串炮弹，把敌机送进了山沟。

打落那架美机后，刘玉堤没有恋战，立即退出攻击，驾机上升到 5000 米高度，准备寻找自己的队伍。

这时，刘玉堤又在清川口上空发现 50 多架正准备返航的美机在海湾上空盘旋。

好机会！刘玉堤决定狠狠地打他们一下。

面对敌众我寡的敌情，刘玉堤悄悄地降低高度，从后下方隐蔽接敌。

距离越来越近了，1000 米、800 米、600 米，当刘玉堤离敌机还有 400 米时，敌机发现了他。

两架敌机当即左右分开，企图逃跑。

就在这一刹那，刘玉堤一个急转弯，瞄准敌僚机，在 150 米距离上开炮，敌机被打得凌空爆炸。

另一架敌机十分惊慌，急忙升高，拼命往上爬，想甩开刘玉堤。

刘玉堤紧紧地逼近敌机，敌机上下翻滚，拼命摆脱追赶。刘玉堤猛一拉杆，一个急上升转弯。

敌机看到刘玉堤接近，做了一个快速半滚，又一次逃开了。刘玉堤又向左做了一个上升转弯，切半径，距离 280 米瞄准，套住敌机，按下发射炮钮，座机立刻抖动起来，炮弹呼啸着飞向敌机。

白烟从敌机尾翼中弹处冒出，平尾和升降舵分了家，凌空爆炸，机身一片片飞起。

　　黑压压的美国机群顿时像炸了窝似的四处散开。乘敌机惊魂未定，刘玉堤一个燕子钻云，跃上万米高空，乘势退出战区，安全返回机场降落。

　　这次战斗，刘玉堤一个人击落 4 架敌机，创造出一个架次单机击落敌机的最高纪录。

　　从此，刘玉堤以大胆泼辣、勇猛顽强、积极进攻的战斗作风，闻名于国内外，成为一级战斗英雄。

四、创立丰碑

● 聂凤智细眯着眼，紧紧地盯着标图板上敌机的飞行轨迹。

● 万里长空立刻硝烟弥漫，火光闪闪。100 多架飞机在云中上下翻飞，左躲右闪，展开激烈的厮杀。飞机的呼啸声，炮弹的爆炸声，不绝于耳。

● 开城前线志愿军指挥部通过战地电话网命令：步、炮兵，坦克部队和高射炮兵部队在规定时间全部停火。

聂凤智从容不迫转败为胜

1952 年 9 月 4 日，天空阴云密布。

雷达传来美机空袭的警报，美机 100 多架，已飞近鸭绿江上空。

此时，刚刚上任的中朝空军联合司令部司令员聂凤智正在思考对策。

自 7 月接替刘震以来，这还是他第一次指挥作战。

与以往的陆战经验不同，战机根本不能从地图上看出来，完全要靠脑子去推测。如果在从前，聂凤智早就跑到前线去现场指挥作战了，但是这次他不可能驾驶飞机打头阵。所以，一些实时战场信息都得靠图上作业来获得。

聂凤智面临参军以来的全新课题。

打还是不打？

打，这样的天气，我们的飞行员不要说空战，就是在空中飞行也很困难；

不打，美机已经到了家门口了，而且此后，只要美机是在恶劣天气里出来，我们都不打吗？看来这条理由是站不住的。

在这种天气里，美机一定认为我军不敢迎战，我军一旦出战，就能在精神上压倒敌人，可以打他个出其不意。

想到这里，聂凤智一咬牙，下达命令："命令空三师，两个大队起飞！"

16架飞机腾空而起，直扑战区。

敌机是100多架，我们只有16架，这个仗不好打呀！聂凤智下达命令后，心里还是有些紧张。

在进入战区之前，聂凤智指挥我机占据了有利的进攻位置。

当敌机在战区上空出现的时候，我机抢先冲入敌群，用一阵猛烈的炮火打了敌机一个措手不及，两架敌机当即中弹起火。

我空三师越打越勇，在数千米高空与敌机厮杀到一块。敌机一看自己在数量上占有优势，就恶狠狠地一齐进攻。

立刻，16架战机被敌机团团包围。

一场恶战之后，我军才冲出敌群。

当我机返航的时候，敌机撤出战斗并没有走远，而是尾随而来，当我机降落时，突然冲入机场上空开炮。

这次战斗击落击伤敌机5架，我军被敌击落击伤6架。

从敌我力量对比上来说，仗打到这个水平，就算很不错了，至少也是一个平手仗。可是在聂凤智看来，平手就是输了。

空三师自打上阵以来，就是支出足了风头的常胜部

创立丰碑

队，很少失手，仗打成这样就算是很没出息了。

一仗下来，飞行员们的情绪也很大。

在总结大会上，聂凤智将军坐在飞行员中间，听着他们的发言，有开口就骂的，也有情绪过激的。

大家议论纷纷，也不管聂凤智在没在跟前。

"这样打法，不要几次就把咱的飞机给搞光了！"

"聂凤智指挥陆军还行，指挥空军就不灵了！"

……

好家伙，这分量，一般人还真受不了。可聂凤智受得了。聂凤智一辈子就喜欢那些有话就说的家伙。

他知道，人家能跟你较真儿，那是瞅着你也是个愿意较真儿的人。

大家关心年轻空军的荣誉，关心作战指挥和战术思想的提高，那就是士气，那就是本钱。要是大伙仗打得不好反而无动于衷，那才真让人着急呢！

聂凤智知道这全是对着他来的，他也是身经百战的将军，对这些刚刚参加空战不久的年轻人怎么看？他知道空战需要他们，他也需要知道飞行员们的真实想法。

所以他坐在那里边听边记，从容不迫。

在大会开始之前，聂凤智说道："今天是我指挥的第一仗，还会有第二仗，第三仗。我是个'土包子'，来空军的时间不长，和你们比我还是个新兵，是个学生。空战指挥嘛，也是个没有跨进门的小学生。你们牢骚可以发，也可以骂我，但是重要的是要总结好这次作战的经验教训!"

这时候,有一个飞行员站起来发言了,他声音不高,讲得很有条理,也很尖锐。

他说:"我们在数量上比敌人少,可是在向敌机进攻的时候,如果我们组成多架次的轮番进攻一个目标,我们这时候就是绝对的优势,就有把握击落敌机……我们也可以少量飞机与敌人战斗机周旋,多数飞机攻击敌人的轰炸机……总之要形成局部的优势……"

这个人就是率队打出 5:0 战绩的志愿军空军英雄王海。

一开完会,聂凤智马上找到王海谈起来。

王海的谈话极为诚恳,也很豪爽热忱,令聂凤智非常感动。

几天之后,当聂凤智看了王海写的《对空作战几个问题的体会》时,连连称道:"将才,将才啊!"

聂凤智马上批转空军联合司令部和各部学习。

空军司令员刘亚楼闻听空三师战斗失利,专程从北京赶来。

刘亚楼对聂凤智说:"你初次指挥空战,有压力。就是泰山压顶,你老聂也要扛住。指挥这样上百架飞机的大空战,能和对方打个旗鼓相当,已经不错了。关键是注意总结经验,以利再战。"

刘亚楼用将甚为老到!果然,聂凤智仗越打越精。

1952 年 10 月的一天,距聂凤智指挥头一仗大概一个

创立丰碑

多月，敌人出动大机群轰炸鸭绿江桥和鸭绿江边机场。

指挥所里，苏联顾问、空军联合司令部副司令员兼朝鲜人民空军司令员王琏、志愿军空军一线轮战师的5个师长和聂凤智一起指挥战斗。

"来的是敌五十一大队，敌四大队也已经起飞。"侦察参谋报告。

聂凤智一抬浓眉，目光盯住另一个侦察参谋。

"情报可靠，两个大队起飞115架F-86。"

聂凤智又把询问的目光投向作战参谋。

"据前线观察哨报告，头批起飞20架F-86，我分析是佯攻。"作战参谋补充报告。

出动是出动了，得判断出是真动还是佯动。

远东空军常使佯动这招，他们知道米格-15是为国土防空设计的歼击机，续航力差，升空后只能作战40分钟。所以远东空军常将攻击编队分为两个，第一批为佯动编队，虚晃一枪，等中、苏、朝空军起飞迎击时，则掉头返航。

待米格机见敌机不战而返航落地加油时，第二编队就冲上来，打了一个措手不及。

有报告，有建议。而且，我军防空情报网有三道雷达侦听和地面观察哨。

敌情、情报是互相印证核实的。

聂凤智将目光投向标图板。从标图板上出现的敌机轨迹看来，敌机机群不太大。

这是主力还是佯攻呢？聂凤智开始思考。他知道，无论是把主力当佯攻，或者误把佯攻当主力，结局都不堪设想。

"再不起飞就来不及了！"看到聂凤智稳坐钓鱼台，苏联顾问紧张地提醒。在场的其他几个师长也急切地看着聂凤智。

空战是以秒为单位计算时间的，眨眼之间的犹豫就会使战局产生翻天覆地的变化。

聂凤智细眯着眼，紧紧地盯着标图板上敌机的飞行轨迹。

这时，标图板上显示敌机航线的蓝箭头在延伸到清江口后开始往回返了。

"嘘——"是佯攻，所有人都松了口气。

此时，聂凤智却紧张起来，自己的判断是对的，敌人要了花招，后面肯定有大动作。

40分钟后，情报参谋报告："五十一大队又起飞了。"

听到报告，聂凤智扔掉烟头，这回一点也没犹豫，轻松地说："来真的喽！"拿起话筒，下达了起飞命令。

聂凤智的判断拯救了部队，如果我机在敌人佯攻时起飞，那么刚到战区敌佯攻机正好返航。我机最大续航时间为40分钟，等我们落地，敌主力正好打我们个措手不及，那样最少会有半个师覆没。

此战，我军数十架战机迎战，在鸭绿江上空狠狠打击了敌人，敌机除了慌乱地丢下炸弹，抛下被击落的飞

创立丰碑

机，什么也没有得到。

这一下，反把远东空军打了个措手不及。运输线保
住了。

"哈拉少！（好！）"苏军顾问不得不服气，跷起了大
拇指。

击退敌人在空中发动的反扑

1953年6月19日，鸭绿江畔的铁山上空乌云密布，厚厚的云似乎要将铁山压扁。

11时36分至12时16分，志愿军警戒雷达发现敌情，美空军F-86战斗机16批116架、战斗轰炸机9批56架，组成混合机群正向安东方向进犯，企图轰炸我鸭绿江铁桥。

自志愿军空军参战以来，战果不断扩大，击落的敌机一天比一天多。美国空军损失惨重，--些联队只剩下一半飞机。

与此同时，志愿军陆军挫败了"联合国军"的夏季攻势，把敌人打回到谈判桌上。在这样的情况下，不甘心失败的敌人在空中发动最后反扑，对我军地面重点目标进行狂轰滥炸，妄图使我军屈服，从而在谈判中争取利益。

于是，志愿军空军又承担起保卫重点目标的任务。

此时，接到情报的指挥员立刻拉响战斗警报。志愿军第四师十团、第十五师四十五团、第四师十二团28架飞机如离弦之箭，呼啸着腾空而起，直插长空。

志愿军飞行员的耳机里传来指挥所的战区气象报告："云高5000米以内，能见度6公里以内，风向西北，风

创立丰碑

力 4 级……"

这是一场在复杂气象条件下的空战。虽然浓厚的云层给观察搜索带来不少麻烦，但英勇的志愿军飞行员们在地面雷达的引导下，很快就发现了敌机。

"抛副油箱，各中队注意协同，开始攻击！"空中指挥员下达攻击命令。

28 架战机穿云而下，突然出现在敌机群上空。

敌机猝不及防，立刻慌乱起来，随即派出 F－86 战斗机迎战。

万里长空立刻硝烟弥漫，火光闪闪。100 多架飞机在云中上下翻飞、左躲右闪，展开激烈的厮杀。飞机的呼啸声，炮弹的爆炸声，不绝于耳。

第十团和第四十五团因缺乏经验，穿云时忘记互相通知，以致动作不协调，有的中队失去联系，有的形成单机，虽然个个英勇战斗，但仍被美机击落一架、击伤 4 架。

在这危急时刻，第十二团赶来支援。我军立刻士气高涨，更加猛烈地攻击敌机。

经过一阵激战，5 号机李永泰击落美机一架，7 号机施光礼击落美机两架，终于打退了美机的进犯，完成了保卫鸭绿江铁桥的任务。

美机仓皇逃窜，我机胜利返航。

米格－15 战机银白色的机翼下，横跨于鸭绿江上连接中朝两国铁路运输线的大桥巍然屹立，满载着军用物资的列车通过这里，源源不断地开向前方……

虽然遭到沉重打击，但美国空军仍然贼心不死，处心积虑地要破坏这座大桥。

6月24日上午，美军又派出100多架飞机企图进行袭击。志愿军空军第六师十六团、第十五师四十五团、第四师十二团奉命起飞32架飞机同友空军一起进行反击。

铁山上空再次响起隆隆的炮声。

我机和美机在空中似游鱼一样在云海中追逐，一架飞机刚刚穿过云海，另一架也紧跟着破云而出。爬升、俯冲、转弯、拉起、横滚、反扣，双方飞行员施展绝技，在5000米高空展开激烈厮杀。

一架美机被追得无路可逃，想钻进云层里逃跑。我军飞行员果断开火，在敌机尾巴钻进云层的一刹那将其击中。

敌机被打得凌空解体，猛烈的爆炸几乎将云层撕裂。

战斗中，第十六团飞行员李春吉表现十分勇敢。他在龙岩浦上空追击两架美机，深入大海30公里，将美长机击落。

但是，一架美机从后面偷袭，击中李春吉的飞机。李春吉在飞机中弹失去控制的情况下，在海面上空5000米高度跳伞。

丧心病狂的美机飞行员仍然对着李春吉的降落伞不断开火射击。

创立丰碑

李春吉落入海中后，以顽强的毅力，与惊涛骇浪搏斗近 7 个小时后安全返回部队，创造了志愿军空军海上跳伞成功的先例。

此战，志愿军空军的机群在铁山地区与美机机群遭遇，经过激烈空战，击落美机 5 架，击伤 1 架，迫使其余美机未敢北犯。

志愿军空军经过 6 月复杂气象条件下的中低空作战，总结出了一些经验，为在 7 月即将开始的战斗做好了准备。

空六师取胜最后一次空战

1953 年 7 月 19 日，天空中浓云密布，狂风怒吼，恶劣的天气在考验着志愿军空军。

早在 7 月 8 日，志愿军空军党委在分析 6 月的作战形势后指出抗美援朝作战已经两年多，美机几次企图破坏拉古哨发电站和鸭绿江桥等重点目标，都未得逞。在这样的情况下，敌人会变得更加疯狂，会利用 7 月复杂的气象条件发动进攻。空军指战员要咬紧牙关，苦练在复杂气象条件下的作战本领，一定要把荣誉保持到最后。

中朝空军联合司令部司令员聂凤智等空军首长提出，坚决保卫重要目标，以取得新的空战胜利，促成停战谈判成功。

为此，志愿军空军党委强调，空战时不要与美 F－86 战斗机纠缠，防止美战斗机乘虚而入。各梯队缩短出动间隔时间，争取不间断地在保卫目标的外围消灭美战斗轰炸机。各梯队采取梯次直线往返穿插作战，并相互主动支援，集中一域，形成兵力优势。

针对这样的指示，志愿军空军部队认真学习在复杂气象条件下的中低空空战战术，利用一切可以起飞的天气积极出战。

不明就里的敌人一出战就遇到了士气正旺的我军飞

创立丰碑

行员。

当日上午，美空军派出两个机群袭击南新州和义州机场，遭到有力反击。

15 时至 16 时 15 分，不甘心失败的敌人又出动一个由 168 架各型飞机组成的混合机群，企图再度袭击这两个机场。

志愿军空军采取多梯队连续出击的战法，英勇反击。

在聂凤智的指挥下，15 时 25 分，志愿军空军第六师十六团 12 架飞机由曲成田带领为第一梯队，至义州上空打击美机。他们以迅速勇猛的动作投入战斗，对正向义州机场准备俯冲投弹的 4 架 F - 86 型美军飞机展开攻击，一下子打乱了美机编队。

美机来不及进入目标，慌忙投弹后，右转向海面飞去。志愿军空军第三中队 4 号机沈洪江对溃散的美单机发动攻击，直追到距美机 200 米处开火，击落 F - 86 型美机一架。志愿军空军第一中队 4 号机郭树武与美机空战，击伤 F - 86 型美机一架。

15 时 37 分，第四师十团 8 架飞机由褚福田带领为第二梯队起飞，至义州上空与美机空战。褚福田将美长机击伤，其余美机慌乱投掉炸弹逃窜。

这一战，志愿军空军击落敌机 1 架，击伤 2 架，我方无一伤亡。志愿军空军又一次完成了保卫重要目标的任务，胜利而归。

距离朝鲜停战的 7 月 27 日，还有 8 天时间。在这几天中，虽有战斗机起飞，但无战斗。因此，7 月 19 日下午的这次战斗，成为志愿军空军参加抗美援朝作战的最后一次空战。

　　这次战斗击落击伤美机的沈洪江、郭树武和褚福田，成为志愿军空军抗美援朝作战历史上，在最后一次空战中取得战绩的飞行员。

创立丰碑

人民空军战史上的丰碑

1953 年 7 月 27 日，志愿军一线机场上一片肃静，一架架战机在起飞线上整齐列阵。机舱里，飞行员们整装待发。

此时，他们每个人的眼睛都紧盯着扩音器。从那里，将要传出金日成将军和彭德怀司令员发布的停战令。

10 时，朝鲜停战协定在三八线附近的板门店正式签字。

根据协定，战争将在协定签字 12 小时后，即 7 月 27 日 22 时生效。

在中朝空军联合指挥部四道沟指挥所里，聂凤智看了看手表，离全面停火还有 15 分钟。

聂凤智信手点上一支烟，然后爬上指挥所外的山顶，伫立东望。

敌我双方阵地上，枪声、炮声如庆典的鞭炮四起，照明弹、曳光弹五彩缤纷，映得夜空流彩，一片通明。

望着白昼一样的夜空，聂凤智感慨万分。在整个朝鲜战争中，美国海空军投掷炸弹 69 万吨，相当于第二次世界大战轰炸日本的投弹量的 4 倍。朝鲜北部平均每平方公里落炸弹 5 吨，轰炸密度超过第二次世界大战对纳粹德国的轰炸，创造了世界空军史的最高纪录……

但就是在这样人类战争史上创纪录的猛烈轰炸之下，我们还是打赢了，逼得对手坐下来和我们和谈。人民空军从无到有、从小到大、从弱到强，这个成长过程也可以算是创纪录了，这还真得"感谢"美国空军了！

想到这里，聂凤智不由得笑了。

手表的指针嘀嘀嗒嗒地走着，丝毫不顾人们等待和平时刻到来的急切心情。

时针终于指向 22 时了。

顷刻间，枪声、炮声、照明弹、曳光弹从夜空中隐退，万籁俱寂，广袤的苍穹只剩下清凉的夏风、低吟的虫鸣……乾坤陡转，人间骤变，战火纷飞的战场，静谧得只剩下随风飘散的几缕硝烟。

此时，驻守在军事分界线两侧的双方军队的步兵、炮兵、坦克部队在横贯朝鲜中部 200 多公里长的军事分界线上同时停止射击、轰击和一切作战行动，海军和空军部队也停止了作战行动。

此时，开城前线志愿军指挥部通过战地电话网命令：步、炮兵，坦克部队和高射炮兵部队在规定时间全部停火。

此时，板门店中立区两侧的砂川江和大德山一线我军陆地上的高音扩音器不断播放着停战、停火消息。

"和平来到啦！""和平万岁！""万岁和平！"

鸭绿江边的机场上，四道沟的山顶、山坡上，欢呼声在夜空中震荡着，久久不息。

创立丰碑

至此，中国人民志愿军空军入朝参战 2 年零 8 个月，战斗起飞 2457 批、26491 架次，起飞实战 366 批、4872 架次，击落美空军、海军和参与侵朝战争的其他国家空军的飞机 330 架、击伤 95 架。

志愿军空军在自身力量十分弱小的情况下勇敢作战，沉重打击了号称世界第一空中强国的美国，树立了人民空军战史上不朽的丰碑，为保卫新中国、保卫世界和平作出了不可磨灭的贡献。

参考资料

《抗美援朝战争纪事》 中国革命军事博物馆编著 解
　　放军出版社

《周恩来传》 金冲及主编 中央文献出版社

《红墙大事》 张树德著 中央文献出版社

《志愿军援朝纪实》 李庆山编著 中共党史出版社

《中美空中较量（1950—1968）》 罗胸怀著 人民出
　　版社

《中国空军纪事》 罗胸怀著 中央编译出版社

《翼上》 陈立德著 大众文艺出版社

《我打下了美国飞机》 郑赤鹰著 当代世界出版社

《志愿军十虎将》 宋国涛编著 中共党史出版社

《抗美援朝纪实》 中国社会科学院历史研究编辑部编
　　华夏出版社